千嬌百媚系列一

〈鶯鶯傳〉、《董西廂》人物之形象

邱安慈／著

序言

筆者以研究界的新人寫這篇序言，面對浩瀚的領域，感到惶恐，似乎沒有時間猶豫；立刻，要習慣於嚴肅的氛圍，緊接著，是定研究大綱、研究方向，畢業論文為兩年苦修的成果。正在傷腦筋之際，腦中燃起一絲希望，就是學分班時的結業報告，沒有想到，它卻得到李德超老師的點頭認可。城區部在課程的設計上，採取循序漸進的方式。畢業論文非常重要，攸關以後的研究之走向。大夏館的師資和本校的師資是一樣的。

探析“西廂”方面的議題，已有甚多傑出的著作，不易找到切入點，“比較”文學會是考慮的方向。學分班的結業報告是《董西廂》的女性形象研究，它與〈鶯鶯傳〉的淵源頗深，筆者不加思索的，便栽進“西廂”故事裡，《董》劇的劇情改編自〈鶯鶯傳〉（“唐傳奇”），“董解元”不遺餘力的描寫“人物”，增加次要“人物”的分量；萌生將兩者放在一起的念頭。原先，並不知道戲劇類可以“比較”，經過研究、考證，得到驗證。

"唐傳奇"有助於研究者進入戲劇的領域，〈鶯鶯傳〉是每位老師的必選教材；老師特別重視《董西廂》，"董解元"的文思，讓我讚嘆不已。所以，論文的範圍是，由對女性形象的研究擴大為人物形象的研究（包括男性的主角及次角），第二冊的重點置於"編劇"。具故事性的"唐傳奇"，是"說話人"喜歡的題材，造成宋"話本"的流行。

〈鶯鶯傳〉與《董西廂》是"西廂"故事流傳中影響後世最巨的兩部著作，單篇的研究已不少，尤其是〈鶯鶯傳〉的"人物"剖析；資料顯示，研究《董西廂》者，對"人物"之分析較不深入，若將兩部作品放在一起，就失去平衡，而筆者研究董作，則著重在"人物"的刻畫。論文〈鶯鶯傳〉、《董西廂》人物形象的研究，受到教授們的青睞，年輕學子的喜愛，點閱率進入一千八百大關；觀察學生們偏愛的部分是故事的解析。論文得到小小的迴響，首先，必須感謝李師的嚴格要求，寫作的階段，李師利用課餘的時間，往返於大夏館與本校，和我反覆的討論，糾正不周全的地方，倘若沒有老師針對每一章每一節的缺失校正，勢必難以完成。同時，亦懷念"口試"委員王更生老師的妙語如珠、李李老師對拙作的指正與鼓勵。特別要向逢甲大學唐代研究中心、臺灣學術機構致意，收錄拙作作為學術的研究，今後，更要戰戰兢兢於研究工作。

修業期間，印象最深的課程有廖一瑾老師的“樂府詩”、林文慶老師的“文獻學”、高禎霙老師的“論文寫作”、羅賢淑老師的“文學與人生”、黃沛榮老師的“史記”、張仁青老師的“唐詩”。廖師、張師帶我進“唐詩”的殿堂，筆者猜想：除了“死背”、融會貫通外，豐富的閱歷也是重要的。想念德芳班代的水煎包，班代的私釀酒喚起我的兒時回憶，感激佩芬、文琍、淑貞、淑芳、振源、致遠等，感謝致遠在我“口試”時，自告奮勇擔任招待，招呼王更生老師，王師備感溫馨，且手下留情。

謹以本文的付梓，獻給所有提攜我的師長及關愛我的好朋友，與他們分享喜悅。

摘要

近年有關”西廂“故事的研究很多，研究者從不同的角度分析《西廂記》；喜歡《王西廂》的讀者，認為《王西廂》比《董西廂》有成就，王實甫改編的故事，仍擺脫不了〈鶯鶯傳〉的故事，在《董西廂》的架構下變更劇情。研究《董西廂》的學者，多係針對”諸宮調“作研究。〈鶯鶯傳〉和《董西廂》分別是兩個結局，〈鶯鶯傳〉為悲劇，”董解元“將故事導向喜劇，他強化角色的個性。”人物“是故事的靈魂，”人物“與”人物“的相處，易產生”矛盾“、”衝突“，曲折劇情的著作，必成不朽名作。

本文共五章十四節，約七萬言，第壹章緒論，列舉說明對《西廂記》或”西廂“故事的有關研究、作者的介紹，及闡述本文研究”人物“形象的動機、方法和範圍。〈鶯鶯傳〉、《董西廂》有傳承的關係，第貳章第壹節首先簡述〈鶯鶯傳〉與《董西廂》的關係；第貳節述及〈鶯鶯傳〉在唐代與以後的流傳；第叁節介紹與《董西廂》”說唱“體有異曲同工之妙的體裁及曲與詞的相異；第叁節的第三點安排“才子佳人團圓”模式的確立，本文用確立而非建立，“唐傳奇”的寫法是“才子佳人”的模式，但〈鶯鶯傳〉的收場沒有“團圓”。有學者認為“才子佳人”的方式自《董西廂》開始建立，本文將此議題置於第貳章，表示《董西廂》的創作多少受〈鶯鶯傳〉的影響。第肆節介紹〈鶯鶯傳〉、《董西廂》的版本。

文學作品反映作者的人生和時代的背景，這是恆久的定律。第叁章、第肆章為本文的主題，第叁章述產生“人物”形象的背景，以社會、經濟、教育、宗教為研析的對象，這些因素是相輔相成的。宗教的傳入，衝擊中原的社會、經濟、教育。第肆章的主旨在分析兩部著作裡的“人物”形象，第壹節先就人性的“衝突”與“矛盾”配合文本探析劇本中“兩極性格”的組合；第貳節的部分和第叁節的部分將〈鶯鶯傳〉與《董西廂》的“人物”，分類為主要“人物”及次要“人物”作前後作品的“比較”。

〈鶯鶯傳〉的盛行，以及《董西廂》的流傳，均有褒貶的聲音；歷代的學者從不同的角度論述“西廂”故事，後起的作者吸取〈鶯〉作、《董》劇的精髓融入自己的創作中，“西學”的效應到近代仍存在，故在第伍章的第壹節探討近年研究〈鶯鶯傳〉、《董西廂》的成果及趨勢；第貳節寫兩部作品左右後世的創作，明、清的作品風格又從喜劇的模式轉向悲劇的模式，《西廂記》"雜劇"之後的悲劇創作，陸續有精采的作品產生，不再墨守成規。對於悲劇的發展，金聖嘆《第六才子書》展現新的型態，營造前途茫茫的感覺[1]，人稱《金西廂》，金聖嘆本人不以為然。《王西廂》啟迪《紅樓夢》的思維，而《紅樓夢》的結局主要是承襲於《第六才子書》對《西廂記》的評點，在第三點的標題安排為《西廂記》對《紅樓夢》的影響。

註1：宋謀瑒、傅如一：〈西廂故事演變與中華文化〉，《西廂記新論》，（北京中國戲劇，西元一九九二年八月），頁五二。

目錄

參考書目

第壹章　緒論

第壹節　近代學者研究概況

研究”西廂“的”人物“形象者，早在西元一九六三年，大陸學者戴不凡發表《論崔鶯鶯》，他剖析三部最有影響力的”西廂“故事之”人物“形象，這三部作品為《董西廂》、《王西廂》、《第六才子書》，作者的目的，在分離出王實甫《西廂記》中的崔鶯鶯；戴氏並不認為王氏係根據《董西廂》所改編[1]。一九七八年，孫遜的《董西廂和王西廂》，是從”西廂“故事的源頭作品談起，它們的源頭是〈鶯鶯傳〉，所有《西廂記》的藝術創新的思維皆歸根於〈鶯鶯傳〉，在文學上，〈鶯鶯傳〉有不可抹滅的地位。民國七十四年湯璧如的論文《西廂故事的演變——以鶯鶯傳、董西廂、王西廂為例》，就三部作

註[1]：戴不凡：《論崔鶯鶯》，（上海・文藝，西元一九六三年十月），頁一。

品的時間先後為創作範疇，由故事本身開始分析，並論故事外緣環境與故事的維繫，以掌握故事的轉變。

一九九二年，段啟明在《西廂記新論》寫的〈西廂三幻同名人物性格辨〉，探析〈鶯鶯傳〉、《西廂記諸宮調》以及王實甫《西廂記》“雜劇”作品裡主要“人物”的形象及特徵。另一篇發表於《西廂記新論》的文章為宋謀瑒、傅如一的〈西廂故事演變與中華文化〉，主要在敘述“西廂”的故事與中華文化的關係，兼論“人物”的形象。民國八十三年，林宗毅發表《西廂記》二論，剖析《西廂記》的形成與其對後世的影響；在前言的部分交代《西廂記》故事的藝術成就及學者對金批《西廂記》的評價，林氏分析《西廂記》改本的主題異動及明、清評點的活動。民國八十七年，王祥穎的論文《金批西廂記人物心理分析》，以金聖嘆《西廂記》批本為其研究範圍，探討金聖嘆對“人物”性格的分析。

“董解元”的生平資料很少，唯有在片語隻字中找出他在世上的大約年代，自出土文物中，知道他的大概名字，姚奠中及李正民的文章：“董解元”和《西廂記諸宮調》考察、“董朗與董明”——《董西廂》作者籍貫探討，深入考證這兩方面的問題。對於悲、喜劇的演進，朱昆槐在民國八十年公布的論文：從〈鶯鶯傳〉到《西廂記》論中國悲、喜劇的發展，判定悲劇精神的喪失和喜劇的建立。

”唐傳奇“有”才子“和”佳人“的戀愛情節，非”董解元“獨創；《董》劇的創作是”才子佳人“的模式外加”團圓“，”唐傳奇“的作品與董作不同的是，少有”團圓“的收場，如：〈鶯鶯傳〉、〈霍小玉傳〉；姚力芸之《西廂之戀——才子佳人文學的典範》，作者的創作本旨為〈鶯鶯傳〉的”情“、”禮“統一到《董西廂》、《王西廂》（叛逆）的”情“、”禮“”對立“。

第貳節　研究動機

〈鶯鶯傳〉與《董西廂》是”西廂“故事中最具代表性的兩部著作，結局分別為悲觀與喜劇，兩劇裡，形塑的”人物“有不同的呈現，為筆者的研究動機。《董西廂》的故事情節，是在元稹〈鶯鶯傳〉的基礎下完成的，原稱為〈會真記〉。《董》劇的突出在”人物“的描繪，是它的致勝原因。紅娘的戲，特別吃重，在〈鶯鶯傳〉中，她僅是涉世未深的女孩，張生向其訴說對鶯鶯的好感時，靦腆的逃開，想了一天才為張生獻計；而《董西廂》內，紅娘的反應就很直接，"董解元"安排法聰在故事接近尾聲處獻策，化解張與鄭恒為鶯相爭不下的窘境。鶯、張始終為第一主角及第二主角。《董西廂》特意強調次要"人物"的重要性，筆者揣測董作的想法，將紅娘的地位提升為第三主角，併在主要"人物"討論。

"董解元"筆下的張生，以"專情"為依歸，改造張為優柔寡斷又喜歡與人辯駁的個性，鶯的特質改變，由〈鶯鶯傳〉的矜持到《董西廂》的叛逆可看出，《董》劇製造"私奔"的情節，到杜確的住所求救；杜確是解救普救寺之困的"白馬"將軍，前後一貫的寫法。《董西廂》的劇情符合人們"有情人終成眷屬"的願望，其後的仿作延續此模式，能出類拔萃者惟有《西廂記》"雜劇"。總結《董西廂》四個階段的設計：相遇↓相戀↓波折↓團圓。元、明、清、近代的作品，試圖運用異於董、王《西廂記》的喜劇設計，如：高明的〈琵琶記〉、洪昇的〈長生殿〉等。

《董西廂》變更的"人物"形象，具獨特性，然而，不影響喜劇的收場；

”西廂“故事的模式被套用於元白樸的〈牆頭馬上〉[2]、元鄭光祖的〈㑳梅香〉[3]。明高濂的〈玉簪記〉敘述戰亂拆散陳嬌蓮與書生潘必正，陳嬌蓮在無技可施的情況下，躲入道觀，做了道姑，法號妙常，適巧，潘必正前來道觀投宿，聽到熟悉的琴聲，正是，妙常在撫琴，因此，他們在道觀裡相認。與道觀有關的創作，有〈長生殿〉，其故事是延續〈秋夜梧桐雨〉；〈桃花扇〉是清復社名士侯朝宗與秦淮名妓李香君的戀愛過程。

”董解元“的生平首出現在元鍾嗣成《錄鬼簿》卷上，記錄如下：「前輩已死名公，有樂府行於世者」，並敘述其：「金章宗時人，以其創始，故列諸首」[4]。元陶宗儀《輟耕曲錄》云：「金章宗時，董解元所編西廂記……」[5]。清毛奇齡《西河詞話》二則云：「至金章宗朝董解元，不知何人，實作西廂搊彈詞」[6]。”董解元“為金章宗時的人（金代中期），已為元、明、清的文人

註2：白樸（元）：《中國十大古典喜劇集》，（上海．文藝，西元一九八二年十二月），頁三五～五五。

註3：梁廷枏（清）：《曲話》卷二，（臺北．商務，民國二十六年十二月），頁二〇～二一。

註4：鍾嗣成（元）：《錄鬼簿》卷上，（上海．古籍，西元一九七八年四月），頁六。

註5：陶宗儀（元）：《南村輟耕錄》，（臺北．中華，珍倣宋版），頁四三。

註6：蕭山毛奇齡（清）：《西河詞話》，（上海書店，世楷堂藏板），丁集卷第三十五。

所公認。金章宗名璟，女真名麻達葛，是世宗的嫡長孫，在位的時間為一一八九年到一二〇八年，當時的金朝，已盛極而衰，父親允恭（顯宗）通達中原文化，母親徒單氏好詩書，尤其，喜歡研讀"老莊"學說。章宗濡染在漢風之下，不僅，攻習"唐詩"、"宋詞"，擅長於"戲曲"，學習書畫，仿宋徽宗的書法。儘管如此，仍不忘他的母語——女真語[7]。劉祁記章宗的詩詞說：

「章宗天資聰悟，詩詞多有可稱者。宮中絕句云：五雲金碧拱朝霞，樓閣崢嶸帝子家。三十六宮簾盡捲，東風無處不揚花。真帝王詩也」[8]。

章宗喜歡"戲曲""造就"諸宮調"的流行。明胡應麟的《少室山房曲考》就評《董西廂》劇為：「董曲今尚行世，精工巧麗，備極才情，而字字本色，言言古意。……金人一代文獻盡此矣」[9]。胡應麟更將《西廂記》這個名稱的來源

註7：陶晉生：《女真史論》，（臺北．食貨，民國七十年四月），頁九三。
註8：劉祁：《歸潛志》卷第一，（臺北．藝文，原刻景印知不齋叢書），頁一。
註9：胡應麟（明）：《少室山房曲考》，（臺北．中華，民國五十九年），頁一〇五～一〇六。

歸於《董西廂》，「《西廂記》雖出唐人鶯鶯傳，實本金董解元」[10]。

近人對《董西廂》的研究重點放在”諸宮調“，較不重視”人物“的形象。筆者於〈鶯鶯傳〉、董、王《西廂記》的三部”西廂“故事的代表作中，取結局分別是悲劇和喜劇的創作，〈鶯鶯傳〉與《董西廂》為研究對象，塑造的”人物“之形象，與他們所處的環境有關聯，為考慮的方向。

第叁節　研究方法與範圍

一般的文學創作分”縱的關係“與”橫的關係“兩種，趙滋蕃云：

「所謂『縱的關係』，是指文學在發展過程中的歷史法則。它必然接觸到文學潮流，文體流變，文章風格……。所謂『橫的關係』，是指文學在發展過程中類型結構的法則。它也必然接觸到作品的語言，結構，情

註10：同前註。

節，分析方法，文學類型等諸如此類的問題」[11]。

本文的架構自”縱向“的文體流變切入（第貳章），次以”橫向“觀察〈鶯鶯傳〉與《董西廂》所代表的環境因素（第叁章），相異的社會價值觀產生不同結局的文學作品，故元稹與”董解元“對作品的詮釋就相異，元稹作品純是自述其際遇，董作對”人物“形象的描述則趨向多變；文學是體現”現實“生活的一種藝術形式，展現由環境因素形成”人物“形象（第肆章）；最後再以”縱向“闡述”西廂“故事的最大影響，如：董、王《西廂》”雜劇“、《紅樓夢》。

〈鶯鶯傳〉出版後到《董西廂》之間出現的作品，唐代有文人楊巨源的〈崔娘詩〉[12]與王煥的〈惆悵詩〉[13]都選取元稹〈鶯鶯傳〉的部分情節進行歌詠；李紳的

註11：趙茲蕃：《文學原理》，（臺北・東大，民國七十七年三月），頁四七。

註12：楊巨源：〈崔娘詩〉，（臺北・復興，原刻景印《知不齋叢書》），卷三百三十三頁三七三七。

註13：王煥：〈惆悵詩〉，（臺北・復興，原刻景印《知不齋叢書》），卷六百九十頁七九一九。

〈鶯鶯歌〉在〈鶯鶯傳〉完成前就有了[14]；流傳到今天，全篇已經不完整，在《董西廂》、《全唐詩》中還可看到零星的詩句。宋代的作品，呈多樣的體例，除了，秦觀的〈調笑轉踏〉、毛滂的〈調笑轉踏〉、趙令時的〈商調・蝶戀花〉”鼓子詞“外[15]，宋代的”話本“、”官本雜劇“、宋元”南戲“都失傳，僅有存目；在”西廂“故事的傳承上，實有遺珠之憾。〈鶯鶯傳〉內敘述的男主角的作為，符合當時的社會，與”高門“聯姻的習慣；《西廂記諸宮調》的作者，在主題思想上，有很大的變革，徹底的反傳統”禮教“，至於，”人物“的形象，《董西廂》轉移〈鶯鶯傳〉的”矛盾“。元王實甫的《王西廂》係根據《董西廂》的”諸宮調“模式，改編為適合在舞臺上表演的”雜劇“。《董西廂》和《王西廂》的成就是不相上下的，它們在各自的領域嶄露頭角。胡應麟推崇”董解元“：「古今傳奇鼻祖，……」[16]。在流傳的過程中，容易產生版本的問題，本文將兩部著作的版本安插在第貳章之末。

註14：李紳：〈鶯鶯歌〉，（臺北・復興，原刻景印《知不齋叢書》），卷四百八十三頁五四九三。

註15：逍遙子趙令時（德麟）：《商調蝶戀花》，（暖紅室校訂，彙刻傳劇西廂記），西廂附錄十三種之二。

註16：同註9，頁一一〇。

第叁章以〈鶯鶯傳〉與《董西廂》的創作背景為探析方向，解構造成“人物”形象的因素。隨著唐代及以後的社會逐漸開放，外族的文化深入中原，漢文化受到不小的震撼，同時，外族亦受漢文化的薰陶，外族中，以女真族的漢化程度最高，女真族的發祥地——松花江流域[17]。金朝的皇帝受漢化最深的為顯宗和章宗；章宗極支持“戲曲”藝術，“董解元”在重文藝的環境中，他的思路受到淺移默化，習慣也被環境左右，創造出各種“人物”的個性。筆者試從《董西廂》中，尋找金朝習俗的蛛絲馬跡。

第肆章以分類的方式“比較”兩部作品的“人物”，歸納為主要“人物”及次要“人物”。董作的不朽，在於賦予次要“人物”新生命，使他們發揮最大的價值；著墨“人物”間的“衝突矛盾”，先於第肆章第壹節探析人性的“衝突矛盾”等的議題，第貳節進入主題，試探悲、喜劇中“人物”形象的差異。拙作最大特色是將《董西廂》中的紅娘列為主要“人物”，突顯紅娘的分量。

董作之後的《西廂記》“雜劇”亦有作者生平的問題，第伍章對此問題加以說明；兼提及《王西廂》的時代所面臨的文學潮流；探討清代的巨作《紅樓夢》，敘

註17：同註7，頁十六～十七。

述它受〈會真記〉（〈鶯鶯傳〉）的影響。學者均於《西廂記諸宮調》的藝術成就外，另闢一節做"人物"形象的研究；拙作分隔出這一點，另加入〈鶯鶯傳〉作"比較"。

第貳章 〈鶯鶯傳〉、《董西廂》的流傳與沿革

第壹節 〈鶯鶯傳〉與《董西廂》的關係

一、人物情節

《董》劇延續〈鶯〉作的”人物“、情節，像元作中的夫人、鶯鶯、紅娘；劇中的”人物“，像：夫人、鶯鶯、紅娘的本質，沒有脫離〈鶯〉劇；崔氏一家借宿普救寺時，巧遇兵亂，幸有張生解救，夫人感念張，設宴款待，命子女以”仁兄禮“見[1]，夫人的態度是一貫的維護”封建禮教“。紅娘的本性在送張去書齋時顯現，張欲送一支金釵給紅娘，她”忿然奔去“[2]，〈鶯鶯傳〉內，紅娘則”腆然而

註1：凌景埏校注：古本董解元《西廂記》，（北京・人民，西元一九六二年），頁六八。

註2：同前註，頁七二。

奔"[3]。《董》劇用心於"人物"的刻劃，尤其，注重次要"人物"，董作裡的次要"人物"有法聰、杜確、鄭恒，它重新塑造夫人、鶯鶯、紅娘、張的形象，夫人宴張前，張暫時放棄"功名"，並不是反對"科舉"，主要"人物"與次要"人物"之間的"虛構"情節，使董作成為傑出之作；套用〈鶯鶯傳〉時，它稱：不掠前人之美，在"說白"中引用元稹的"傳奇"，稱之："正傳"。"正傳"包括：〈鶯鶯傳〉和〈鶯鶯本傳歌〉[4]。

二、故事體裁

在體裁上，〈鶯〉作、《董》劇有相關聯的地方，〈鶯鶯傳〉在沒有成書之前，是一種"說話"的活動，元稹以"說話"的方式，說給鄉里的人聽，李紳將其寫成〈鶯鶯歌〉。《董》劇的體裁是"講唱諸宮調"，在散文（"賓白"、"獨白"）後，為"唱"的部分（韻文），讓"諸宮調"中的"人物"，更活龍活現。董作"借用""唐傳奇"，凌景埏校注本卷一【般涉調】

註[3]：王夢鷗校釋：《唐人小說校釋》，（臺北．正中，民國七十二年三月），頁八二。

註[4]：柳無忌：〈與王西廂合稱雙璧的董解元西廂記〉，（《幼獅學誌》第十四卷第三、四，民國六十六年十二月），頁四～五。

曲牌【柘枝令】列舉流行的”諸宮調“，其中有四個故事出自”唐傳奇“：〈崔韜逢雌虎〉是薛用弱著的〈集異記〉、〈鄭子遇妖狐〉是沈既濟著的〈任氏傳〉、〈離魂倩女〉是陳玄祐著的〈離魂記〉、〈柳毅傳書〉是李朝威著的〈柳毅傳〉；暗喻《董西廂》取材於〈鶯鶯傳〉[5]。唐代與金朝同樣的重視”門第“；元稹娶”高門“，”董解元“借張生，於宴會上自我介紹：「祖、父皆登仕版，兩典大郡，再掌絲綸。某弟某兄，各司要職」[6]。

三、作者的個性

”董解元“與元稹有相同的個性，《董西廂》卷一【仙呂調・整金冠】載：「攜一壺兒酒，戴一枝兒花，醉時歌，狂時舞，醒時罷，每日價疏散，不曾著家，放二四，不拘束，儘人團剃」[7]，是作者的寫照；大意是說，他不在意別人的指摘（團剃），整日載歌載舞，過著放縱的生活，為傳統社會中，失意文人的本色。像極元稹的個性，狂妄不羈，經常與姨兄胡靈之縱酒、狂吟、

註5：同前註。
註6：同註1，頁七十。
註7：同註1，頁一。

觀聽僧人，與楊巨源、李紳遊山玩水，與白居易留連於聲色場所。

第貳節 〈鶯鶯傳〉的流傳

一、唐代的流傳

當時的〈鶯鶯傳〉，必造成不小的震撼。"傳"中，提及的李紳、楊巨源，都為元稹的好友，並為其作詩。除了，李紳的〈鶯鶯歌〉、楊巨源的〈崔娘詩〉為〈鶯鶯傳〉記上一筆外，王渙的〈惆悵詩〉用鶯鶯主動與張生約會的情節作為第一句：「八蠶薄絮鴛鴦綺。半夜佳期並枕眠。鐘動紅娘喚歸去。對人匀淚拾金鈿」[8]，此處述及鶯"自獻"，纏綿至"鐘動"而歸，仍依依不捨。沈亞之的〈春詞酬元微之〉（一作施肩吾詩），以"鶯"字為詩，調侃微之，「黃鶯（一作鳥）啼時春日高。紅芳發盡井邊桃。美人手暖裁衣易。片片

註8：清康熙：《全唐詩》，（臺北・復興，民國五十年），卷六百九十，頁七九一九。

輕花落剪刀」[9]。

元稹的作品，反映其狂妄不羈的性格，時而，放縱形骸、時而，又喜歡聽僧人說禪，〈答姨兄胡靈之見寄五十韻〉一詩云：

「歧下尋時別，京師觸處行。醉眠街北廟，閒繞宅南營。柳愛凌寒軟，梅憐上香驚。觀松青黛笠，欄藥紫霞英。盡日聽僧講，通宵詠月明」[10]。

與李紳、楊巨源一同賞春、賦詩，有〈與楊十二李三入永壽寺看牡丹〉一詩：

「曉入白蓮宮，琉璃花界中。開敷多喻草，凌亂被幽徑。壓砌錦地鋪，當霞日輪映。蝶舞香暫飄，蜂牽蕊難正。籠處彩雲合，露湛紅珠瑩。結葉影自交，搖風光不定。

註9：同前註，頁五五九一。
註10：同註8，頁四五二三。

繁華有時節，安得保全盛？色見盡浮榮，希君了真性」[11]。

張生的〈會真詩〉三十韻，就是元稹的〈會真詩〉三十韻，後改名為〈會真記〉，是元稹作品的根據；另李紳在聽元稹的敘述後，作〈鶯鶯歌〉；「貞元歲九月，執事李公垂宿於予靖安里，語及於是。公垂卓然稱異，遂為〈鶯鶯歌〉以傳之」[12]。〈會真詩〉三十韻寫張與鶯鶯的交會；〈鶯鶯歌〉描述懷春少女的情態，增強鶯對自由追求愛情的自覺，是《董》劇的創作靈感。“董解元”在他的作品裡，運用〈鶯鶯歌〉來佐證。元稹以“鶯鶯”命名，有〈鶯鶯詩〉流傳後世：

「般紅殘碧舊衣裳。取次梳頭闇澹妝。夜合帶煙籠曉日。牡丹經雨泣殘陽。低迷隱笑原非笑。散漫清一作佛聞香不似一作是香。頻動橫波嗔阿

註11：同前註，頁四四七八。

註12：元稹：〈鶯鶯傳〉，《太平廣記五百卷》雜傳記，（臺北・新興，民國四十七年），卷四八八。

母一作嬌不語。等閒教見小兒郎」[13]。

元稹是一位"天才"型的"人物"，《舊唐書‧元稹傳》就說：

「元稹聰警絕人，年少有才名。與太原白居易友善。工為詩，善狀詠風態物色，當時言詩者，稱元白焉。自衣冠士子至閭閻下俚悉傳諷之，號為"元和體"」[14]。

元稹之"唐詩"傳入宮中：「穆宗皇帝在東宮有妃嬪，左右嘗誦稹歌詩以為樂曲者，知稹所為，嘗稱其善，宮中呼為"元才子"」，其未寫〈鶯鶯傳〉之前，已享有盛名。

元稹八歲喪父（"大曆"二十二），家裡的經濟逐漸困頓，母親鄭太夫人在惡劣的環境中教導他。元稹追憶這一段困苦的日子，〈同州刺史謝上表〉云：「臣八歲喪父，家貧無業。母兄乞丐，以供資養。衣不布體，食不充腸」

註13：同註8，頁四六四二。
註14：劉昫（後晉）：《舊唐書》，（臺北‧鼎文，民國七十四年），頁四三三一。

[15]；對他的姪子說：「吾家世儉貧，先人遺訓，常恐置產怠子孫，故家無樵蘇之地」[16]。母親鄭氏是名門之後，頗識詩書。白居易在〈唐河南元府君夫人滎陽鄭氏墓誌銘〉中說：「天下有五甲族，滎陽鄭氏居其一。鄭之勳德官爵，有國史在。鄭之源流婚媾，有家牒在」[17]。他天資聰穎，經過母親的教誨，十五歲，"明經"擢第，二十一歲，初仕河中府。白居易又說：「夫人為母時，府君既歿，積與稹方齠齔。家貧，無師以受業，夫人親執詩書，誨而不倦。四、五年間，二子皆以通經入仕」[18]。唐憲宗"元和"五年歲次庚寅（八一〇），元稹三十二歲，貶為江陵府時，以〈夢遊春〉七十韻寄給白居易；其〈夢遊春〉中：「一夢何足去。良時事婚姻。……高松女蘿附。韋門正全盛」，寫出自己對愛情的不忠。而白居易在和〈夢遊春〉一百韻亦云：「佳會應無復。鸞歌不重聞。鳳兆從茲卜。韋門女清貴」，證明〈鶯鶯傳〉的真實性。

至於鶯鶯的母親，元稹在〈鶯鶯傳〉中寫著：「崔氏婦，鄭女也。張出於

註15：元稹：《元氏長慶集》卷三十三，（上海・古籍，明嘉靖刊本），頁一一五；元稹：《元稹集》，（北京・中華，西元一九八二年八月），頁三八三。

註16：同前註，頁一〇六。

註17：居易：《白氏長慶集》卷四十二，（臺北・世界，景印摛藻堂），頁三六四～四八七。

註18：同前註，頁三六四～四八七。

鄭，緒其親，乃異派之從母」[19]。明研雪子撰的《翻西廂》，其本意載：「嘗考稹為姨母作墓誌，其母固為鄭夫人，而所適永寧尉鵬，……崔張中表，蓋稹之托名也」，研雪子對鶯的母親是否與元稹的母親是"中表"，表達出疑問。張既是元稹，則鶯亦確有其人，有力的佐證為，西元一九八七年五月十三日，普救寺的大鐘樓基址，在西軸線十七米處，出土一塊金朝詩碣，名曰《普救寺鶯鶯故居》[20]。

元稹的住所就是作品裡的靖安里；〈答姨兄胡靈之見寄五十韻〉詩注云：「予宅在靖安北街」；另一首詩〈靖安窮居〉云：「喧靜不由居遠近，大都車馬就權門。野人住處無名利，草滿空階樹滿園」[21]；亦可由白居易〈代書詩〉一百韻寄微之詩，注云：「微之宅在靖安坊西，近興善寺」[22]。白居易〈夢與李七庾三十三同訪元九〉詩提及：「夜夢歸長安，見我故親友。損之在我左，

註19：同註3，頁八一。

註20：同毅：《西廂記》新證——金代《普救寺鶯鶯故居》詩碣的出土和淺析，（北京．中國戲劇，西元一九九二年八月），頁三三三。

註21：同註8，頁四五六七。

註22：同前註，頁四八二六。

順之在我右。云是二月天，春風出攜手。同過靖安里，下馬尋元九」[23]。

二、唐以後的流傳

宋《太平廣記》收入的〈鶯鶯傳〉有云"元稹撰"，明確指出作者是元稹；宋曾慥《類說》卷二八"傳奇"一目，節錄《異聞集》鶯鶯的故事，則證於微之本集未見有〈鶯鶯傳〉一文。北宋趙令時（德麟）云：「夫傳奇者，唐元微之之所述也，以不載於本集，而出於小說，或疑其非是，今覩其詞，自非大手筆，孰能與於此」[24]。宋代的作品延續對張生的抨擊，有過之而無不及，改編本中的情節多更動"唐傳奇"的情節；有北宋秦觀作〈調笑轉踏・鶯鶯〉[25]、北宋毛滂作〈調笑轉踏・鶯鶯〉、北宋趙令時（德麟）的《商調・蝶戀

註23：白居易：《白氏長慶集》卷十，（臺北・世界，景印摛藻堂），頁一一五～三六四。

註24：趙令時：《商調蝶戀花》，（暖紅室校訂，彙刻傳劇西廂記），頁一。

註25：秦觀：《淮海居士長短句》卷下，（上海・古籍，詞林集珍），頁三四～三五；全文如下：崔家有女名鶯鶯，未識春光先有情。河橋兵亂依蕭寺，紅愁綠慘見張生。張生一見春情動，明月拂墻花影動。夜半紅娘擁抱來，脈脈惊魂若春夢。〔曲子〕春夢，神仙洞。冉冉拂墻花樹動。西廂待月知誰共，更覺玉人情重。紅娘深夜行云送，困烟釵横金鳳。

花》。毛滂的作品責備張生的薄情有如飛絮，自顧築夢長安；他寫道：「薄情年少如飛絮，夢逐玉環西去」[26]。

趙令時完全套用〈鶯鶯傳〉的內容，加入個人的見解在前後文中，趙氏是譴責張生最力者，他不再如〈鶯鶯傳〉（稱許張生"善補過"），完全站在鶯鶯的立場，極痛恨"始亂之，終棄之"的行為，第一支曲子就說：「密意濃歡方有便，不奈浮名，旋遣輕分散。最恨多才情太淺，等閑不念離人怨」，借友人何東白的"說白"責難張：「具道張之於崔，既不能以理定其情，又不能合之於義。始相遇也，如是之篤；終相失也，如是之遽」。趙令時作品亦為"董解元"《西廂記諸宮調》及王實甫《西廂記》"雜劇"所本；其作品延長"說唱"藝術的生命，第一段"說白"提到：「不被之以音律，故不能播之聲樂，形之管弦」。

"董解元"生年不詳，但已確定為金章宗時人；"解元"為金、元朝對一

註26：世界書局編輯部：《全宋詞》二冊，（臺北：世界，民國七十三年三月），頁六九〇；全文如下：春風户外花蕭蕭，綠窗繡屏阿母嬌。白玉郎君恃恩力，樽前心醉雙翠翹。西廂月冷濛花霧，落霞零亂墻東樹。此夜靈犀已暗通，玉環寄恨人何處？何處？長安路。不記墻東花拂樹。瑤琴理罷霓裳譜，依舊月窗風户。薄情年少如飛絮，夢逐玉環西去。

般讀書人的尊稱。據出土文獻記載：”董解元“最可靠的名字當是”董朗“[27]，佐證一：文物工作者於一九五九年一月中旬，在山西侯馬鎮西三里許牛村古城南面，發覺金朝墓碑，墓室的北壁上端，有一磚砌的類似戲台的模型，在戲台上，排列著五個陶質戲俑，分別為”金院本“的五個角色，墓主人也可能是這五個角色之一。墓室南壁的一塊青磚上，墨書著一篇”地契“文，上面寫著：

「大金國河東南路絳州曲沃縣褫祁鄉南方村，董玘堅傣弟董明於泰和八年，買了本村房親董平家墓一所，……立地契為據。時大安二年十一月初一日，葬主董堅傣弟董明葬」[28]。

值得注意的是：墓主卒於”大安“二年（一二一〇），證明”董解元“活動的

註27：孫遜：《董西廂和王西廂》，（上海．古籍，西元一九七八年九月），頁二三：引文如下：「有人說，據天一閣某抄本，董解元名琅」。

註28：李正民：董朗與董明——《董西廂》作者籍貫探討，（北京．中國戲劇，西元一九九二年八月），頁一五三。

年代應在金章宗的晚年。令人起疑的是，"董明"墓的旁邊還有"墓2"，可惜已被破壞。據盧前《飲虹簃曲籍題跋》引《玉茗堂鈔本董西廂》清代柳村居士跋云：「董解元，名朗，金泰和（一二〇一——一二〇八）時人，隱居不仕」。"董明與董朗"，不僅，生活的時代相同，亦一樣對"戲曲"有興趣；"董明與董朗"以"月"作偏旁，他們可能是兄弟或堂兄弟，若然，"董解元"的名字就呼之欲出[29]；佐證二：一九七三——一九七九年在山西稷山縣馬村和化峪、苗圃等地發現十五座宋、金時的墓葬群，其中九座有大批"戲曲"磚雕，種類繁多，形象各異，多是金章宗時的文物，與侯馬董墓的戲俑相似[30]。可以以此推斷"諸宮調"、"金院本"在當時的盛況，金章宗為最大的支持者。而作者的個性為放蕩不拘、縱橫於詩酒的落魄文人。如：《古本董解元西廂記》卷一：

【整衣冠】攜一壺兒酒，戴一枝兒花，醉時歌，狂時舞，醒時罷，每日

註29：同前註，頁一五三。

註30：姚奠中：董解元和《西廂記諸宮調》，（北京·中國戲劇，西元一九九二年八月），頁一四三。

慣疏散，不曾著家，放二四，不拘束，儘人團剝。

【太平賺】四季相續，光陰暗把流年度，休慕古，人生百歲如朝露。莫區區，好天良夜且追遊，清風明月休辜負！但落魄，一笑人間今古；盛朝難遇。

可推斷"董解元"幾乎"每日"（整日）過著閑散的生活，醉時，縱歌併手舞足蹈。"講唱諸宮調"者，初為男子，且是由作家兼"說唱"，至南宋及元，幾全為女子，此時"諸宮調"的作者與"說唱"者，釐為二人。北宋時，"說唱"者可知有孔三傳、耍秀才，張五牛作"賺詞"，孔三傳創的"諸宮調"在山西澤州地區流行，與墓葬群發覺地不謀而合[31]。

南宋與金議和後，宋、金南北分治。分治越久，南北風俗習慣就有差異；宋代的"戲曲"為"雜劇"，有"官本"之說，北方的金朝，將"雜劇"變更為"院本"。"院本"者，明朱權在《太和正音譜‧詞林須知》云：「院本者，行院之本

註31：同註4，頁十三～十四。

也」。元末陶宗儀之《南村輟耕錄》云：「宋有戲曲、唱諢、詞說；金有院本、雜劇、諸公（宮）調。院本、雜劇，其實一也。國朝（元）院本、雜劇始厘而二之」。元末夏伯和的《青樓集・志》云：

「唐時有傳奇，皆文人所編，猶野史也，但資諧笑耳。宋之戲文，乃有唱、念，有諢。金則院本、雜劇合而為一。至我朝（元）乃分院本、雜劇為二」[32]。

朱權在〈詞林須知〉云：「金為院本、雜劇合二為一。元分院本為一，雜劇為一」[33]。"雜劇"盛行於民間，在宮廷的"教坊"中，獨立為部色，金朝統治北中國以後，完全接受這種伎藝，並向南宋索求各項伎藝的人才。陶宗儀發現一張"院本名目"，陶氏的《南村輟耕錄・院本名目》卷二十五云：「一曰副淨，古謂之參軍；一曰副末，古謂之蒼鶻；……一曰引戲，一曰末泥，一曰裝

註32：夏伯和（元）：《青樓集・青樓集誌》，（臺北・鼎文，民國六十三年二月），頁七。
註33：朱權（明）：《太和正音譜》，（臺北・學海，民國八十年十月），頁九六。

孤。又謂之『五花爨弄』[34]。民間的”雜劇“常上演《目連救母》。所謂”官本“，即官府認可的”雜劇“。官府對”戲曲“的干預，從宋代開始。宋周密的《武林舊事》所收的”官本雜劇段數“（只能是官府同意的節目）；其載有”官本雜劇“二百八十種，”諸宮調“佔二本。這批節目有的是北宋”教坊“裡傳出來的，有的是南宋時的”雜劇“新作，有的本來就在民間”勾欄“中演出，被採集入宮；宮廷的節目，傳播到民間，因此，有”御前雜劇“的稱號[35]。《董》劇可溯源到唐、宋的”大曲“、宋的”鼓子詞“、”纏令“、”纏達“、”賺詞“、”說話“。”宋話本“（鶯鶯傳）、”官本雜劇“（鶯鶯六么）、宋元”南戲“《張珙西廂記》，作品已失傳，惟有存目。

《王西廂》的情節分五”本“，部分學者認為第五”本“為關漢卿續作，是不可靠的說法，因王實甫的年代晚於關漢卿。元仿作較著者，有白樸的〈董秀英花月東牆記〉；元鄭光祖的〈㑳梅香騙翰林風月〉，簡稱〈㑳梅香〉，清梁廷枏在《曲話》卷二列出二十點，與《董西廂》的相似處；明李景雲的〈崔

註34：陶宗儀（元）：《南村輟耕錄》，（臺北．木鐸，民國七一年五年），頁三〇六。

註35：周育德：《中國戲曲文化》，（北京．中國友誼，西元一九九五年十二月），頁八四～八五。

鶯鶯西廂記〉，又稱《古西廂》[36]。翻作較著者，明李日華將《北西廂》的“北曲”改寫成《南西廂》的“南曲”，今黎園演唱者是也；梁伯龍謂此「崔時佩筆，日華特較增耳，閒有換韻幾調，疑李增也。……」，其曲、詞一沿王、關之舊，不改一字，有齒冷之譏[37]；《南西廂》的“人物”性格傳承於《北西廂》，辭采方面，與《北西廂》無異。周公魯撰的《錦西廂》裡，鄭恒有機會娶鶯鶯，卻編排紅娘代鶯嫁鄭[38]。別樹一格的《第六才子西廂記》，由清金聖嘆所批釋。金氏的“六才子書”按次第為《離騷》、《莊子》、《史記》、《杜詩》、《水滸》、《西廂》。清代可與《西廂記》媲美的作品，就屬《紅樓夢》。

“越劇”、“崑劇”亦流行《西廂記》。明孝宗時，陸采改編《王西廂》為“崑劇”《南西廂記》；陸采的另一著作為《明珠》。“崑劇”產生於元末明初，元朝的經濟繁榮，有助於“戲曲”的發展；在明代，統治者崇尚“儒

註36：梁廷枏（清）：《曲話》卷二，（臺北・商務，民國二十六年十二月），頁二〇～二一。

註37：李日華（明）：《南西廂》二卷，（暖紅室校訂，彙刻傳劇西廂記）；閔遇五據梁伯龍說，以為本崔時佩筆、李攘，崔有崔割、王腴，俱甚齒冷云云。

註38：蔣瑞藻：《小說考證》，（上海・商務，民國十六年四月），頁二四。

學“，倡導朱熹的哲理，鞏固”封建“制度的統治，箝制人民的思想，直接影響到的是，明代中葉以前的”戲曲“之質量。陸采作《南西廂記》以”崑山腔“演唱，自視有才，「不涉王實甫一字」[39]。姚一葦完全改造《西廂記》的”人物“，主角為孫飛虎，劇名為《孫飛虎搶親》，孫飛虎搖身為重要的角色，張生與孫飛虎是點頭之交[40]。大陸浙江小百花”越劇“團曾昭弘先生與楊小青導演合作，根據原著《王西廂》而做修改，有相異的名字，”越劇“《西廂記》、小百花《西廂記》或《浙西廂》，一般民眾習稱《曾西廂》，曾昭弘提出精簡原著的思維，以張生為主角，設計更為緊湊的劇情，這個視角和傳統以鶯鶯為主角的思路不同[41]。

註39：胡忌、劉致中：《崑劇發展史》，（北京・中國戲劇，西元一九八九年六月），頁三六、三八。

註40：姚一葦：《姚一葦戲劇六種》，（臺北，華欣文化，民國七十六年七月），頁九七～九八。

註41：謝錦桂毓：談曾昭弘《西廂記》的現代意識，（《輔仁國文學報》第十四集，民國八十八年三月），頁一一四～一一五。

第參節　《董西廂》體制的沿革

王國維《宋元戲曲史》云：

「宋之歌曲，其最通行而為人人所知者，是為詞，亦謂之近體樂府，亦謂之長短句。其體始於唐之中葉，至晚唐、五代，而作者漸多，及宋而大盛。宋人讌集，無不歌侑觴；然大率徒歌而不舞，其歌亦以一闋為率。其有連續歌此一曲者；如歐陽公之采桑子，凡十一首；趙德麟之商調蝶戀花，凡十首。一述西湖之勝，一詠會真之事，皆徒歌而不舞。其所以異於普通之詞者，不過重疊此曲，以詠一事而已」。

詞、曲是同類型的創作，和它們搭配的音樂，受到外族音樂的影響；自宋以後，仍有新的成分加入：金、元時期，即流行於民間的胡樂。詞、曲皆〞長短句“，元”套曲“的規定是單句，間夾雙句，似五、七”言“[42]，也會摻入其他”言“，盛行於金、元及明初，多是中州的音調；”南曲“的起源較”北曲“早，卻誕生在元末明初，為大江以南的音調。詞的”小令“字數為五十字以內，因應歌唱內容的長度，擴充字數為”中調“、”長調“，可達二百餘字。”北曲“和”南曲“，在結構方面的進展不一，至少要有二首以上同”宮調“的”曲牌“相聯，”北套“有”楔子“的設計，結尾的地方有【煞尾】；”南套“有”引子“及【尾】聲，全”套“一”韻“。《董西廂》屬”北套“，每”曲“或每”套“各自屬於一個調性。任中敏氏於《散曲叢刊．散曲概論》說：不須有”科白“之曲謂之”散曲“[43]，與”戲曲“有別，”戲曲“是表演搭配歌唱。而”諸宮調“的”講唱“特點，有”變文“、”鼓子詞“、”賺詞“、”纏令“、”纏達“、”話本“的影子。

註42：任中敏：《散曲叢刊．散曲概論》，（南京．鳳凰，西元二〇一三年），頁一一六九。
註43：同前註，頁一一四二。

一、唐宋"說唱"體

（一）"變文"

清光緒三十三年（一九〇七），因印度政府派遣英籍匈牙利人斯坦，考察中央亞細亞之地理，他自土耳其商人薩赫貝處得知敦煌千佛洞藏有大批古寫本。學者經研讀，稱此寫本為"變文"，它是"講唱"體，由散文"引起"，此種型式被"鼓子詞"、"諸宮調"、"賺詞"所沿用[44]。這種文體與當時流行的古文、駢文、"散韻"分制不同，"戲曲"是於"散"文內夾雜著"韻"文，如：《韓詩外傳》於散文後引詩二句，僅在說明；另劉向《烈女傳》之"讚"、班固《漢書》之"贊"，有"引詩明志"之舉、墓"誌銘"類，"誌"用"散"文，"銘"用"韻"文，亦為"韻散"的組合[45]。

至於"變文"的意義，二十年代至三十年代初，學者的看法有：認為"變文"是"通俗詩及通俗小說"，如：王國維的《敦煌發見唐朝之通俗詩及通俗小說》；有認為是"佛曲"、俗文、唱文等，像：羅振玉的《敦煌零拾》、鄭

註44：葉慶炳：《中國文學史》第二十講，（臺北・學生，民國七十六年八月），頁四八七～四八八。

註45：邱鎮京：《敦煌變文述論》，（臺北・商務，民國五十九年四月），頁參肆—三。

振鐸的《中國俗文學史》。針對”變文“之名的解釋，首推鄭振鐸。鄭氏的《敦煌的俗文學》於一九二九年出刊，確立敦煌”變文“的名稱[46]；亦於一九三二年出版的《插圖本中國文學史》第三十三章〈變文的出現〉中說：

「『變文』是什麼東西呢⋯⋯原來『變文』的意思，和『演義』是差不多的。就是說，把古典的故事，重新再說一番，變化一番，使人們容易明白。正如流行於同時的『變相』一樣，那也是以『相』或『圖畫』來表現出經典的故事以感動群眾的。『變文』和『變相』在唐代都極為流行；沒有一個廟宇的巨壁上不繪飾以『地獄變相』等等壁畫的（參看張彥遠的《歷代名畫記》），同樣的，大約沒有一個廟宇不曾講唱過『變文』的[47]。其初，變文只是專門講唱佛經裡的故事。但很快的便被人們所採取，用來講唱民間傳說的故事」。

鄭氏這段的解說十分重要，不僅論說”變文“的意思及其性質，且說明”變

註46：陸永峰：《敦煌變文研究》，（四川・成都巴蜀，西元二〇〇〇年五月），頁一。

註47：曲金良：《敦煌佛教文學研究》，（臺北・文津，民國八十四年十月），頁六一～六三。

文"的發展。自鄭氏始形成普遍的認識"變文"。羅振玉在《敦煌零拾》裡，翻印"佛曲"三種。這個作品首尾殘缺，羅氏找不到原名，只好稱之為"佛曲"。他的跋裡，說出和宋代的"說話人"的關係：

「佛曲三種，皆中唐以後的寫本。其第二種演維魔詰經，他二種不知何經。考古夢游錄，載說話有四家。一曰小說，……武林舊事載諸技藝，亦有說經。今觀此殘卷，是此風肇於唐而盛於宋兩京。元、明以後，始不復見矣。甲子三月取付手民。卷中訛字甚多，無從是正，一仍其舊」[48]。

劉半農在巴黎國家圖書館抄不少敦煌的卷子，刊為《敦煌掇瑣》三輯。收藏於中央研究院。

（二）"鼓子詞"

北宋的"詞"，流傳在妓女、歌伶間，它可以歌唱；但因"詞調"短小，

註48：羅振玉：《敦煌零拾》四，（甘肅蘭州・古籍，西元一九九〇年十月），頁四。

不適合長的故事，宋末，”宋詞“的精華殆盡，”鼓子詞“應運而生，承襲”變文“的體制，是敘事的”講唱“文，為”諸宮調“的前輩，”鼓子詞“的唱法為連唱一曲，為”疊詞“之意，以”講“的型式搭一”詞牌“，穿插進行，且合小鼓，這種文體只在宋代出現，是文人的閒適之作；北宋的代表之作為《侯鯖錄》所錄之《商調・蝶戀花》，是以十首詞牌【蝶戀花】相間故事文組成；趙令時名為”鼓子詞“。另一個與趙作結構相同的”鼓子詞“，是《清平山堂話本》中之〈刎頸鴛鴦會〉（被選入《警世通言》，題名〈蔣淑貞刎頸鴛鴦會〉），它的演出方式，只唱歌而不協以跳舞，同一時期的”轉踏“，是歌、舞相兼的[49]。”鼓子詞“用”管弦“伴之歌唱，與”諸宮調“用”弦索“（即”弦樂“）來伴唱不同。在《商調・蝶戀花》的開頭，趙氏說道：「調曰【商調】，曲名【蝶戀花】。句句言情，篇篇見意。奉勞歌伴，先定格調，後聽蕪詞」。其意為：在每一段開始，必先”奉勞歌伴，再和前聲“；”講唱“者須三人組成；一人任”講“的部分，一人任”唱“的部分，一人吹笛或操弦，同一”詞牌“，不免單調，”諸宮調“才趁這個機會現身，”鼓子詞“隨

註49：汪天成：《諸宮調研究》，（國立政治大學中文研究所碩士論文，民國六十八年六月），頁三四。

即遜色，甚至，銷聲匿跡[50]。

（三）"賺詞"

宋有所謂"賺詞"，與"鼓子詞"類似，但它是一"唐詩"一"宋詞"反覆歌之，宋耐得翁的《都城紀勝》述"纏令"、"纏達"[51]：

「唱『賺』在京師日有纏令、纏達；有引子、尾聲為『纏令』；引子後只以兩腔迎互，循環間用者，為『纏達』。中興後，張五牛大夫因聽動鼓板中，又有四片【太平令】或『賺』鼓板，即今拍板大篩揚處是也。遂撰為『賺』」[52]。

此種曲子，節奏十分特殊，以"散板曲"與"定板曲"間用，"定板曲"後接"賺詞"，節奏突然放緩，掌握聽眾的情緒；"賺詞"用鼓、板、笛伴奏，有

註50：同前註，頁三六。

註51：馮沅君：〈說「賺詞」〉，（《燕京學報》第二十一期，民國二十六年十二月），頁一七七。

註52：灌圃耐得翁：《都城紀勝》，（臺北・大立，民國六十九年十月），頁九七。

時，配合”纏令“，”纏令“是簡單的”套曲“。像：《董西廂》卷六的【越調・廳前柳纏令】為：

【廳前柳】蕭索江天暮，投宿在數間茅舍。夜永愁無寐，謾咨嗟！牀頭上怎寧貼？○倚定個枕頭兒越越的哭，哭得俏似痴呆。畫檐聲、搖拽水聲、嗚咽蟬聲助淒切。

【蠻牌兒】活得正美滿，被功名使人離缺。知他是我命薄，你緣業，比時他時，再相逢也。這的般愁，兀的般悶，終做話兒說○料得我兒今夜裏，那一和煩惱？不恨咱夫妻今日別動是經年，少是半載恰第一夜。

【山麻皆】淅零零地，雨打芭蕉葉。急煎煎的，促織兒聲相接。做得個虫蟻兒，天生的劣。特故把愁人做牌，憋更深後越切○恨我寸腸千結，不埋怨。除你心如鐵，淚點兒淹沒人雙頰，淚點兒怕搵不迭，是相思血。

一個【廳前柳纏令】裡，含有兩個”曲調“。

”轉踏“與”賺詞“無很大的區別[53]，它的格式是在”引子“後，以詩、詞互迎，無【尾】聲。北宋的”轉踏“，如同”鼓子詞“，以一曲連續歌之，也合若干首詠一事。現今能掌握的，唯有【調笑令】這一”曲調“。”轉踏“的型式在唐代就有了，是「用『引子』開始，在『引子』後面，用兩個『曲』調輪流重複演唱而成」。”轉踏“的”散“文部分，用詩句代替。為了表述歌舞的含意，先冠以”致語“或”勾隊“，最後有”放隊“，似”套曲“。宋曾慥《樂府雅詞》卷首錄”轉踏“[54]，計有無名氏的《調笑集句》等九首、鄭彥能的《調笑轉踏》一首、晁無咎的《調笑》等八首、無名氏的兩套《九張機》、《調笑集句》。

（四）《董西廂》的體裁——”諸宮調“

北宋的”諸宮調“，除了，在”官本雜劇段數“裡，看到兩個”諸宮調“本，還有”講唱“〈雙漸小卿〉之”諸宮調“。王灼證明”諸宮調“的創作者，其《碧雞漫志》卷二云：「熙、豐、元佑間，兑州張山人以詼諧獨步京

註53：王國維：《宋元戲曲史》，（臺北‧學人月刊，民國六十年一月），頁二二。
註54：曾慥（宋）：《樂府雅詞》，（上海書店，西元一九二六年），頁一～十二。

師，時出一兩解。澤州孔三傳者，首創『諸宮調』古傳。士大夫皆能誦之」[55]，”士大夫皆能誦之“，傳達孔三傳營造”講唱諸宮調“的風氣。吳自牧《夢粱錄》卷二十云：「說唱『諸宮調』，昨汴京有孔三傳，編成傳奇靈怪，入曲說唱」[56]。”諸宮調“沒有再流傳，是它的結構複雜，而且，具大型的體例，成本過高[57]；遺留下的完整”諸宮調“作品，惟《董西廂》，《董西廂》又稱為”西廂搊彈“、”絃索西廂“。”諸宮調“亦名”諸般宮調“，”諸宮“表示多”宮調“的組合（一個”套“是一個調性），敘述一故事。

”諸宮調“的書首有”引辭“或”引子“，”引辭“引起正文，如：【般涉調・哨遍】下則注云：”斷送引辭“，其目的之內容大致為：（1）歌頌聖德；（2）作此”諸宮調“之由；（3）明言此曲乃新創；（4）略述大要；（5）誇耀該本由”說白“與曲構成，”說白“多夾於曲之中，它的型態介於”說話“與戲劇之間，”說話“、戲劇的差別在文字語言。”諸宮調“按聲律的高低，歸入各自的”宮調“，一個”宮調“一個”調“性，且聯結各種型式

註55：王灼：《碧雞漫志》卷第二，（臺北・鼎文，民國六十三年二月），頁一一五。

註56：吳自牧：《夢粱錄》，（知不齋叢書，津逮秘書學津討原本），頁三一〇。

註57：鄭振鐸：《鄭振鐸文集》，（北京・人民，西元一九五九年十月），頁十九～二〇。

的"講唱"體[58]。《董西廂》的"說白"功用：1、它有延伸的作用，重複前面的唱詞，讓聽眾加深印象；先簡述故事的背景，再擴大主角的經歷，聽眾可以先行知道後面的情節；2、將"說白"的部分獨立出來，不與前、後的唱詞重複，這些"說白"具有介紹、解說情節的功能，倘若缺少了它，情節不能發展下去。

《董西廂》在文詞方面的特色，是用"韻"與"襯"字，承繼"唐詩"、"宋詞"的傳統，"襯"字為意義較輕的"虛"字，可使音節轉折。"諸宮調"有四"宮"十三"調"：正宮、道宮、南呂宮、黃鐘宮、越調、大石調、雙調、小石調、歇指調、商調、中呂調、高平調、仙呂調、黃鐘調、般涉調、商角調、羽調[59]。不同的"宮調"，有自己的音樂節奏，產生不一樣的感覺及反應。在何種情況下該使用何種"宮調"有一定的規則。燕南芝庵在《唱論》中云：

註58：沈杏霜：〈西廂記諸宮調的說唱及創作技巧〉，（私立逢甲大學中國文學研究所碩士論文，民國八十五年六月），頁二七～二九。

註59：葉慶炳：〈諸宮調正宮道宮南呂宮黃鐘宮訂律〉，（《輔仁大學人文學報》，第三期，民國六十二年十二月），頁一～三。

「大凡聲音，各應於律呂，分於六宮十一調，共計十七宮調。仙呂調唱，清新綿邈。南呂宮唱，感嘆傷悲。中呂宮唱，高下閃賺。黃鐘宮唱，富貴纏綿。正宮唱，惆悵雄壯。道宮唱，飄逸清幽。大石調唱，風流蘊藉。小石調唱，旖旎嫵媚。高平唱，條物滉漾。般涉唱，拾掇坑塹。歇指唱，急併虛歇。商角唱，悲傷宛轉。雙調唱，健捷激梟。商調唱，悽愴怨慕。角調唱，嗚咽悠揚。宮調唱，典雅沉重。越調唱，陶寫冷笑」[60]。

（五）”話本“

”唐傳奇“逐漸衰微的原因包括：一、中、晚唐間，”傳奇“達到極盛，名作如林。後來的作者，不易突破；二、宋代受”道教“的影響，道學家視專務詞藻華美之文人為”俳優“。文風尚樸實，不事文采；三、白話文趨成熟，理學家以白話寫文章，”說話人“用白話寫”話本“[61]。

註60：燕南芝菴（元）：《唱論》，（臺北・中華，珍倣宋版），頁三。

註61：葉慶炳：《中國文學史》第二十六講，（臺北・學生，民國七十六年八月），頁一七九～

晚唐段成式《酉陽雜俎》續集卷四〈貶誤〉曰：「予太和末，因弟生日觀雜戲，有市人小說，……」[62]這裡的“市人小說”，就是“說話人”的“講唱”，在市井裡，蔚為風潮。時人筆記、典籍多記錄，像：孟元老的《東京夢華錄》、耐得翁的《都城紀勝》、周密的《武林舊事》及羅燁的《醉翁談錄》等，除了，載民間中的“勾欄”、“瓦舍”說書盛況外，另有“說話”藝人的姓名、“說話”家數也登錄不少，對於“說話”的結構和“說話人”的習慣，整理為四類：一、開場及結束的地方用詩或詞，“說話人”常以“有詩為證”或“有詞為證”使情節暫停；二、有所謂的“入話”，聽眾還未到齊之前，先講一段有關的軼事，然後由此轉入正題；三、“說話人”可在故事進行中，暫時中止，加入一段議論；四、“說話人”常在故事高潮或緊要關頭打住，留待下回再講。唐代“變文”深入宋代文壇，“諸宮調”和“話本”受其薰陶，“諸宮調”繼承其吟唱的部分，“話本”發揮其講述的技巧。宋之“說話”凡四家，有“小說”、“說經”、“講史”、“合生”，耐得翁《都城紀勝》及吳自牧《夢粱錄》較詳，茲引述《都城紀勝》云：

一八〇。

註62：段成式：《酉陽雜俎》續集卷四，（臺北：藝文，津逮秘書學津討原本），頁十七。

「說話有四家，一者小說，謂之銀字兒。如煙粉；靈怪；傳奇；說公案，皆是搏刀趕棒及發跡變泰之事；說鐵騎兒，謂士馬金鼓之事。說經，謂演說佛書；說參請，謂賓主禪悟道等事。講史書，講說前代書史文傳，興廢征戰之事。最畏小說人，蓋小說者能以一朝一代故事頃刻間提破。合生與起令隨令相似，各占一事。商謎、舊用鼓板吹賀聖朝，聚人猜詩謎、字謎、戾謎、社謎，是隱語」[63]。

自敦煌石窟被發覺以後，敦煌"話本"問世，證實"話本"在唐代已有，當時，仍是萌芽期。由於歷史記載的缺失和典籍的淹沒，我們一般將"話本"溯源到宋代[64]。

註63：同註52，頁九八。

註64：王枝忠：《古典小說考論》，（寧夏・人民・西元一九九二年十一月），頁八九。

二、曲與詞的相異之處

”宋詞“是由長句、短句構成，並限制字數，最長不過二百字。到了”北曲“，允許加”襯“字，它的彈性比”宋詞“大。”曲調“比”詞調“更為活潑和諧，不再是全首只能用平聲或仄聲，曲可平聲、上聲、去聲通”押“，入聲單獨”押“[65]，若有平、仄互”押“，必換韻；文字方面，”宋詞“使用典籍，”北曲“用新字及方言俗語，口語化為曲文的特色，不排除典籍裡的文字；它的”套曲“，含有”幺篇“（延續前腔）、”帶過曲“（如《王西廂》中的【離亭宴帶歇指煞】）、”賓白“和”獨白“，組成”講唱“的型式。”南北曲“各有”曲牌“、”調“性。

《董西廂》的體裁，分”宮調“、”曲牌“、【尾】聲，與”宋詞“同時流行，”董解元“的創作有一百二十九章，其中，三十八章是”詞調“，佔三分之一強的地位，這種比重顯示”諸宮調“的”曲調“與”詞調“的關係密切；”詞調“為”獨用“，即一調自成段落，沒有【尾】聲。”宋詞“與”北曲“，最大的區別在”聯套“。《董》劇使用的十七個”宮調“中，”南北

註65：同註42，頁一一六九。

曲”共用的”宮調“有【羽調】與【道宮】，【羽調】可與【仙呂】合併，【道宮】到清初，才有李玉編至《北詞廣正譜》。董作裡，唯一的【羽調・混江龍】，後來收入北【仙呂】而不入”南曲“。”北曲“無論”小令“或”散套“，都沒有用【道宮】，故《中原音韻》、《太和正音譜》都不收【道宮】。【般涉調】在”南曲“沒有人用，元代前期，【般涉調】使用很廣，《朝野新聲太平樂府》卷九[66]，整卷皆用【般涉調】；元代後期，特別是”雜劇“，【般涉調】併入【正宮】、【中呂】；屬於它的”曲調“，如：【哨遍】、【耍孩兒】，在【正宮】、【中呂】裡被使用，【般涉調】在金朝是個流行的”宮調“，”北曲“繼續使用這個”宮調“。此外，【小石調】在”南曲“極少用，”北曲“則不然。董作的”套“式，不少是一曲一”尾“，是全部”套數“的三分之二強。

三、”才子佳人團圓“模式的確立

”小說“的概念萌芽於神話及傳說，《山海經》收集中國的神話，《詩

註66：楊朝英（元）：《朝野新聲太平樂府》卷九，頁一～四九。

經》將古時的傳說入詩，近人袁珂於二〇〇四年著的《中國古代神話》亦值得參考。六朝時，只能說是”小說“的醞釀期，”唐傳奇“始有離奇的情節、生動的故事，一部分的作品根源於漢魏六朝的”神怪志異“之作；另一類的”唐傳奇“，是”才子佳人“的內容，有令人稱羨的結局、有扼腕的結局；”才子佳人“的戀愛作品，圓滿結局者，只有白行簡的〈李娃傳〉；〈李娃傳〉中的滎陽生迷戀李娃，散盡盤纏，被老鴇趕出，致淪落街頭，後乞討到李娃處，激起娃對滎陽生的憐憫，接納他，且將他的身體調好，對生曰：「體已康矣，志已壯矣。淵思寂慮，默想曩昔之藝業，可溫習乎？……」[67]斥生棄百慮以志學。終為滎陽公接受，成為正式的夫妻。人鬼戀愛的作品，有完美結局者，有李朝威的〈柳毅傳〉、陳玄祐的〈離魂記〉。歷經艱辛後，有異人幫助者，方有團圓的收場者，有許堯佐的〈柳氏傳〉、薛調的〈無雙傳〉。

令人扼腕者，有蔣防的〈霍小玉傳〉、元稹的〈鶯鶯傳〉，前者霍小玉遭李益遺棄，在臨結尾處，霍小玉哀淒的告白：「我為女子，薄命如斯。君是丈夫，負心如此。韶顏稚齒，飲恨而終。慈母在堂，不能供養。綺羅絃管，從此

註67：白行簡：〈李娃傳〉，（臺北．新興，民國四十七年，《太平廣記五百卷》雜傳記），卷四百八十四；同註3，頁一七一。

永休。徵痛黃泉，皆君所致。……」[68]；另一描寫"負心才子"的作品為〈鶯鶯傳〉，它是所有"西廂"故事的藍本，"人物"的刻劃方面，沒有多著墨。述及的張生是元稹的託名，吹噓他的"忍情"。

〈鶯鶯傳〉在唐代及其後世造成轟動，激起文人從不同角度改編，《董西廂》以異於〈鶯鶯傳〉的型式展現，變換"人物"的個性，以達到"有情人終成眷屬"目的，自《董》劇以後的作品，充斥"才子佳人團圓"的情節。董作描述的背景是家庭的權威已式微，"人物"開始有叛逆的行為。

模仿〈鶯鶯傳〉、《董西廂》的故事者，均承襲其部分劇情。故事若平淡無波，就不好看；張生沒有想到，在餐會中，夫人反悔，令兄妹相稱；夫人堅守"封建禮教"才合乎她的身分，她要求男主角赴長安應試，取得"功名"再回來。"才子佳人"若以"團圓"為結局，〈鶯鶯傳〉不算"才子佳人"之作；張視"功名"比愛情還要重，他由熱烈的追求鶯到背棄鶯。"董解元"費心的改造張，張變得"癡情"，反之，鶯對張亦是如此。欲達到圓滿的收場，必有曲折的過程，過程中，一定安排夫人（利用紅娘）的監視、第三者（鄭

註68：蔣防：〈霍小玉傳〉，（臺北：新興，民國四十七年，《太平廣記五百卷》雜傳記）；同註3，頁一九九。

恒）的破壞。

尚有以戰爭的顛沛流離貫穿全劇：陸采著的〈東牆記〉、孔尚任著的〈桃花扇〉；劇中的男女，經過波折之後，好不容易的見面，像：〈金線池〉寫才子韓輔臣與妓女杜蕊娘相愛的故事，〈謝天香〉因老鴇的挑撥促成與才子柳永相戀，好友錢大尹為了讓柳永進取功名，假意迎娶謝天香，等柳永成名歸來，錢大尹玉成兩人"團圓"。〈拜月亭〉為戰爭使王瑞蘭與蔣士隆這一對"才子佳人"，結合又分離，蔣士隆中"狀元"後，瑞蘭父就招他為女婿。關漢卿更以老夫少妻為題材，如同：〈玉鏡臺〉寫才子溫嶠娶年輕貌美的表妹，表妹嫌其歲數大，百般不肯順從，溫嶠設計，在酒宴上做"唐詩"，贏得美人心，表妹回心轉意，夫妻琴瑟和鳴[69]。明末清初的"小說"將男女主人公的"團圓"置於第二位，蕭馳認為作品應從"以一國之事，天下之事，係一人之本"的觀念出發，將國家民族的大義置於第一位；將"才子佳人"的戀愛，融入社會的現象。歌頌"才子佳人"的理想愛情，當始於"唐傳奇"、經宋、元"小說"、"戲曲"、至"元雜劇"、明清"傳奇小說"形成高潮，此模式雖始於

註69：姚力芸：《西廂之戀——才子佳人文學的典範》，（山西・教育，西元一九九四年四月），頁十九。

〈鶯鶯傳〉，但它的結局卻不符合[70]。

第肆節 〈鶯鶯傳〉、《董西廂》的版本

一、〈鶯鶯傳〉的版本

收入〈鶯鶯傳〉者，有《太平廣記》、《類說》；《太平廣記》編纂於宋太宗太平興國三年（九七八）；《類說》編纂於宋高宗紹興六年（一一三六），由此觀之，似乎《太平廣記》先於《類說》，然《類說》摘自《異聞集》，《異聞集》成書於《太平廣記》之前，故《類說》所載之文當先於《太平廣記》。《異聞集》所述的鶯鶯首見於宋蘇東坡的詩〈張子野年八十五尚聞買妾述古令作詩〉云：

註70：蕭馳：〈從「才子佳人」到《紅樓夢》：文人小說與抒情詩傳統的一段情結〉，（《漢學研究》第十四卷第一期，民國八十五年六月），頁二五一～二五六。

「錦里先生自笑狂，莫欺九尺鬢眉蒼，詩人老去鶯鶯在，公子歸來燕燕忙，柱下相吾猶有齒，江南刺史已無腸，平生謬作安昌客，略遺彭宣到後堂」[71]。

宋施元之注"詩人老去鶯鶯在"一句云：「《異聞集》元稹"傳奇"：予所善友張生私崔女後棄之，李公垂異其事，為鶯鶯歌以傳之，鶯鶯崔小名也」[72]。《異聞集》今亡佚，惟在《類說》上可見其全文。《類說》卷二十八首題曰：「《異聞集》」，下云：「唐將仕郎尚書屯田員外郎陳翰編」，書中所載"傳奇"一目，敘述鶯鶯的故事，情節簡略。

舊鈔題作〈會真記〉。《太平廣記》卷四八八所載之鶯鶯故事，題名曰：「〈鶯鶯傳〉」，下題小字云：「元稹撰」。《太平廣記》所載距元稹作〈鶯鶯傳〉之時，中間相隔一百七十四年之久，鶯鶯故事經傳鈔，不免有訛誤。文

註71：王文誥、馮應榴（清）：《蘇軾詩集》上冊，（臺北．學海，民國七十二年一月），頁五二三～五二四。

註72：蘇軾：《施註蘇詩》卷八，（臺北．商務，文淵閣四庫全書），頁一一一〇—二一四～一一〇—二一五。

字方面雖有出入，情節當無差異[73]。

二、《董西廂》的版本

”董解元“創作《西廂記諸宮調》以來，歷代的傳本，可瞭解《董西廂》的流傳情形，其版本方面，最早的論述是明張元長的《梅花草堂曲談》云：

「董解元西廂，吳中百年前罕見全本，文壽承家得之西山汪氏，首尾俱缺。其後何栢湖完書於楊南峰，而三吳好事者皆著一編矣。又數十年袁石公為吳令，酷嗜之，稱為几上之書，而此譜亦著。海虞嚴伯良，索周氏全集，付之剞劂，然急於成書，疏於考訂，未為善本，識者憾之。予嘗見顧明卿手寫一冊，字畫道楷，圈識截然，云錄之馮嗣宗家，今不知所在，顧全書既出，繕寫不難，惜乎世未有傳其法者」[74]。

註73：湯璧如：《西廂記的故事演變——以鶯鶯傳董西廂王西廂為例》，（私立輔仁大學中國文學研究所碩士論文，民國七十四年五月），頁四。

註74：張元長（明）：《梅花草堂曲談》，（臺北・中華，珍倣宋版），頁一五六。

依張元長所說的，何栢湖在楊南峰處得完書之前所見的版本是西山汪氏的缺本。後海虞嚴伯曾加以刊刻，但未盡完善；顧明卿的手鈔本，未曾見到。而西山汪氏本，在嘉靖張羽刻本的序言中提及，西山汪氏本為元刻本。

1. 明嘉靖張羽刻本，八卷，書首有黃鵠山人張羽（雄飛）嘉靖丁巳八月（一五五七）的序，卷一首頁題「燕山松溪風逸人校正」，卷八末頁附錄南峰逸史楊循吉的題跋，題於庚辰閏八月九日。張羽刻本是現今所能見到最早的版本；現藏於上海圖書館，一九六三年上海中華書局曾據以影印。

2. 海陽風逸散人適適子重挍梓本，八卷。書首有張羽作於嘉靖丁巳的序，卷一首頁題「海風逸散人適適子重校梓」，本書實據張羽刻本重梓，趙萬里跋云：「按照此書版式和刻工體勢看來，當是嘉靖、隆慶之間或萬曆初年刻本」，卷八缺了最後一頁。中央研究院傅斯年圖書館有一套。

3. 萬曆間屠赤水（隆）校本，二卷。現藏於北平圖書館。據世界書局《西廂記諸宮調》簡介云：「據北平圖書館所藏的，無序跋，有圖十二幅，圖的內容和董詞不合，也許是取自別種西廂戲曲插圖附入的」。

4. 天啟崇禎間湯顯祖評朱墨本，四卷。書前有清遠道人（湯顯祖）"董解元西廂題辭"，圖十二幅刊刻極精，在書中皆有湯顯祖作的眉批。《西廂記諸宮調》簡介云：「不署刊刻姓名，證諸啟禎間吳興凌氏所刻朱墨本琵琶記，兩者行款全同，故可斷定這也是凌氏所刻的」。原臺灣商務印書館據以影印，刪去其圖。現已絕版。現存於國家圖書館。

5.閔齊伋刻朱墨套印本，四卷，附圖十二幅，刊於天啟崇禎間。除卷一首頁易“臨川湯顯祖義仍甫評”為“顧渚山樵點定”，及增批閱姓氏二者外，餘皆同於湯批本，當是據湯本略加修改而成。此書今收藏於國家圖書館。

6.黃嘉惠刻本，二卷，此書極為難得。鄭騫在一九三七年於北平隆福寺街文奎堂購得此書。鄭氏跋云：「此本，前有黃嘉惠引云：『邇得苕上善本單行，庶幾佳人獨立，一朵千金。又無奈朱蘭滿楮，正如孫恪夫人頰上著丹獺瘢痕，雖別成致，視虢國淡掃蛾眉為何如也。因求舊本，手教付梓。』所謂苕上本即閔齊伋本；閔氏烏程縣人，今浙江吳興，地濱苕溪，故稱苕上。……黃本刊於其後，當在天啟、崇禎之間」。《西廂記諸宮調》誤寫為在萬曆間，當未見其書。

7.閔遇五刻六幻西廂本，二卷，無圖，無序跋，文詞順暢。王重民《中國善本書提要》云：「齊伋，字及五，號遇五，明諸生，順治十三年，年八十二，此殆其壯年以後所刻，約當啟、禎間也。自序署『三山謏客閔遇五』，又鈐兩方印，一云：『閔印寓五』，一云：『以字行』。考三山一在福建，一在江寧，則又知是書刻於寓五客南京時也」。此書今藏於故宮圖書館。

8.劉世珩暖紅室彙刻傳奇本，四卷。書首有圖六幅，卷末附施國祁《禮耕堂叢說》董本《西廂記》說條，焦循《易餘籥錄》，無清遠道人（湯顯祖）的題辭，其餘皆與閔齊伋本相同，故翻刻閔本所成。此書今藏於台大圖書館、中央研究院文哲所。暖紅室校訂本，不分卷，一九一五年左右貴池劉世珩所刊刻。書首有圖十六幅，並附清遠道人、閔遇五之題辭[75]。

9.凌景埏校注本，八卷，以明閔遇五刻《六幻》本為底本，依一九五七年在續溪發現的古本，並用舊鈔黃嘉惠校本、屠隆校本、湯顯祖評本、閔齊伋刻本、浙江圖書館藏明刻殘本、暖紅室翻刻閔齊伋本、暖紅室後刻不分卷本對勘，擇善而從[76]。

註75：楊淑娟：《董解元西廂記研究》，（私立東吳大學中國文學研究所，民國七十八年五月），頁二〇～二四。

註76：同註1，頁一。

第參章 〈鶯鶯傳〉、《董西廂》"人物"形象形成的背景

第壹節 〈鶯鶯傳〉的背景

一、社會背景

在唐代，與所有的亞洲國家都有政治、經濟、文化等的交流，引進異國的禮俗、服裝、音樂、美術和宗教，促進工商業的興盛及都市經濟的隆盛。然而，也產生追求浮華的風氣，來到長安"科考"的士子，十之八九都曾去過妓院，就連皇帝亦微服外出狎遊；"官妓"甚盛，孫棨的《北里志》及崔令欽的《教坊記》，詳細的介紹長安的"官妓"規例及其房舍情形。唐初，仍延續隋煬帝在民間選宮女，或者選自大臣家中沒官職的婦女之不成文的規定。民間的婦女被選進宮，便將青春斷送[1]；婦女不可隨意出宮與家人見面，如：《中朝

註1：陳東源：《中國婦女生活史》，（臺北・商務，民國八十六年四月），頁九三。

故事》記載：

「每歲上巳日，許宮女於興慶宮內大同殿前與骨肉相見，縱其問訊，家眷更相贈遺，一日之內，人有千萬。有初到親戚便相見者，有及暮而呼喚姓第不至者，涕泣而去，歲歲如此」[2]。

張生在〈會真詩〉提及：「……因遊洛城北，偶向宋家東。……」、「大凡天之所命尤物也，不妖其身，必妖於人……」[3]；視鶯鶯為”娼妓“，玷污鶯的名節。”唐傳奇“錯綜複雜的情節，編排”娼妓“與”進士“的關係，佔有很大的篇幅。唐代的皇室來自西北胡化區，為”鮮卑“或”突厥“的血統[4]，統一後，中原充斥著胡人的物品；魏晉六朝以來的社會，淡化”禮教“，染有胡習，無家庭的倫理。《舊唐書・輿服志》云：

註2：尉遲偓（南唐）：《中朝故事》，《明刊本歷代小史》二十卷，（臺北・商務，民國五十八年三月），頁六。

註3：王夢鷗校釋：《唐人小說校釋》，（臺北・正中，民國七十二年三月），頁八七。

註4：趙文潤：〈論唐文化的胡化傾向〉，（《陝西師大學報》二十三卷哲學社會科學版第四期，西元一九九四年十二月），頁三五。

「開元初從駕宮人騎馬者，皆著胡帽，靚粧露面，無復障蔽……開元末，……太常樂尚胡曲；貴人御饌，盡供胡食；士女皆竟衣胡服，故有范陽羯胡之亂」[5]。

《隋書》卷八四載"突厥"之習俗云：「父兄死，子弟妻其群母及嫂」[6]；《冊府元龜》卷九六一〈外臣部土風門三〉亦云：「突厥……父兄伯叔死者，子弟及姪等妻其後母、世母、母嫂」[7]。唐代改變女性的"貞操"觀，再婚、離婚的例子比比皆是；《新唐書・公主傳》有統計歷代公主再嫁的例子，此風蔓延到民間，楊志堅之妻嫌其貧窮，請其離婚。《雲溪友議》載：

「……有楊志堅者，嗜學而居貧，鄉人未之知也，山妻厭其饘藿不足，

註5：劉昫（後晉）：《舊唐書》，（臺北・廣文，民國六十五年十月），頁一九五七。

註6：魏徵、令狐德棻（唐）：《隋書》卷八四，（北京・中華，西元一九七三年八月），頁一八六四。

註7：王欽若（宋）：《冊府元龜》卷九六一，（明崇禎十五年刊清乾隆甲戌十九年―嘯堂補刊本），頁二十二。

索書求離。志堅以詩送之曰：『平生志業在琴詩，頭上如今有二絲，漁夫尚知溪谷暗，山妻不信出身遲。荊釵任意撩新鬢，鸞鏡從她畫別眉。今日便同行路客，相逢即是下山時。』其妻持詩詣州，請公牒以求別適」[8]。

由前例得知唐代的女性，”自主“的意識抬頭，妻子可以主動要求離婚；尤其，武則天的時期，女性掌握大權。

武則天提倡雜文、”唐詩“、”宋詞“，摒棄”經學“、”儒術“，提拔新興階級，新興階級出自寒微，但缺乏”禮法“的觀念。直到玄宗即位，改變她的想法，尊重”儒術“，大力提倡”禮教“，上流社會的婦女守著”貞節“。然而，玄宗重用高力士，從此，走上宦官干政之路。文學領域盛行的抒情文學，多用”娼妓“為主角[9]。唐初，婚姻猶重”門第“，太原王等五大姓不與卑性為婚。”門第“有四姓、五姓、七姓之說。《新唐書・柳沖傳》卷一九九云：

註8：范攄（唐）：《雲溪友議》，（臺北，廣文，民國六十九年九月），頁十六。
註9：劉開榮：《唐代小說研究》，（臺北・商務，民國八十六年九月），頁七五～七六。

「『郡姓』者，以中國士人差第閥閱為之制，凡三世有三公者曰『膏粱』，有令、僕者曰『華腴』，尚書、領、護而上者為『甲姓』，九卿若方伯者為『乙姓』，散騎常侍、太中大夫者為『丙姓』，吏部正員郎為『丁姓』。凡得入者，謂之『四姓』」[10]。

官方以官爵的高下來定"門第"。隴西李氏不在四姓之列，北魏孝文帝時就是如此，《朝野僉載》卷一記載：「後魏孝文帝定四姓，隴西李氏大姓恐不入，星夜乘明駝，倍程至洛。時四姓已定訖，故至今謂之『駝李』焉」[11]；民間在四姓之外加上王姓，始得五姓。七姓與五姓是一致的，《隋唐嘉話》卷中云：「高宗朝，以太原王，范陽盧，滎陽鄭，清河、博陵二崔，隴西、趙郡二李等七姓，恃其族望，恥與他姓為婚，乃禁自姻娶」[12]，"門第"成為唐代"小

註10：歐陽修：《新唐書》卷一九九，（臺北二十五史編刊館，民國四十四—四十五年），頁五六七六。

註11：張鷟（唐）：《朝野僉載》，（清嘉慶十一年刊本），頁二。

註12：劉餗（唐）：《隋唐嘉話》，（清同治甲子三年緯文堂刊本），頁十九。

說“的創作元素，作者喜歡用”高門“大姓，作為主人公的姓氏，或以男主人公另娶”高門“為題材，如：〈鶯鶯傳〉中，鶯鶯為博陵崔氏、〈霍小玉傳〉中隴西李益，娶盧氏女。

”科考“時，優先錄用同宗。《舊唐書・李敬玄傳》卷八一：「敬玄久居選部，人多附之。前後三娶，皆山東士族，又與趙郡李氏合譜，台省要職，多是其同族婚媾之家，高宗知而不悅，然猶不彰其過」[13]；《舊唐書・關播傳》卷一三〇：「關播字務元，衛州汲人也。天寶末，舉進士。……大歷中，神策軍使王駕鶴妻關氏以播與同宗，深遇之」[14]。另《舊唐書・韋雲起傳》卷七十五載：雲起，隋開皇中明”經舉“，授符璽執掌。嘗因奏事，文帝問曰：「外間有不便事，汝可言之」。時兵部侍郎柳述在帝側，雲起應聲奏曰：「柳述驕豪，未嘗經事，兵機要重，非其所堪，徒以公主之婿，遂居要職……」[15]。隨著請託、推薦之風日熾，”科舉“之弊端暴露，《唐摭言》卷九〈表薦及第〉

註13：同註5卷八一，頁二七五五。
註14：同前註卷一三〇，頁三六二七。
註15：同註5卷七五，頁二六三一。

云：「乾寧中，駕幸三峰，般文圭者，攜梁王表薦，及第仍列於榜內」[16]。《東觀奏記》卷中稱：

「先是，京兆府進士、明經解送，設殊、次、平等三級，以甄別行實。近年公道益衰，止於奔競，至解送之日，威勢撓敗，如士道焉。……自文學道喪，朋黨道興，紛競既多，（韋）澳不勝懼，遂此釐革」[17]。

韋澳有感於此，試圖採取革新措施，以救時弊。考官亦對"朋黨"深惡痛絕：「（貞元年間）時應進士者，多務朋遊，馳逐聲名；每歲冬，州府荐送後，唯追奉宴集，罕肆其業。（高）郢性剛正，尤嫉其風」[18]。《歸田錄》卷二云：「京師諸司庫務，皆由三司舉官監當。而權貴之家子弟親戚，因緣請託，不可勝數，為三司使者常以為患」[19]。王冷然〈論薦書〉（《全唐文》）一文說明

註16：王定保（南漢）：《唐摭言》，（清嘉慶十年虞山張氏照曠閣刊本），頁六。
註17：裴庭裕（唐）：《東觀奏記》，（清道光光緒間南海伍氏刊本），頁三～四。
註18：程國賦：《唐代小說與中古文化》，（臺北・文津，民國八十九年二月），頁一四一～一四二。
註19：歐陽修：《歸田錄》，（臺北・木鐸，民國七十一年二月），頁二三。

”干謁“為普遍的現象：

「向者百司諸州長官，皆無才能之輩，並是全軀保妻子之徒，一入朝廷即恐出，暫居州郡即思改，豈有輕為薦舉，以取貶削。今文？天下尚有四百人應舉，相公（指燕國公張說）豈與四百人盡及第乎？既有等差，由此百司諸州長官，懼貶懼削而不舉者多矣。僕竊謂今之得舉者，不以親，則以勢；不以賄，則以交。未必能鳴鼓四科，而裏糧三道。其不得舉者，無媒無黨，有行有才，處卑位之間，仄陋之下，吞聲飲氣，何足算哉」[20]。

唐代的”舉人“特重”行卷“，趙彥衛（宋）《雲麓漫鈔》的述：「唐之舉人，先藉當代顯人，以姓名達之主司，然後以所業投獻，踰數日又投，謂之『溫卷』，如《幽怪錄》、《傳奇》等皆是也」[21]。《東觀奏記》卷中：「當開

註20：王冷然：〈論薦書〉，（吉林・吉林文史，西元二〇〇〇年十二月，《全唐文》卷二九四），頁三三一八。

註21：趙彥衛（宋）：《雲麓漫鈔》，（臺北・新文豐，民國七十三年六月），頁二二二。

元、天寶之間，始專重明經、進士」[22]；顧炎武《日知錄》卷一七〈進士得人〉記載：「唐書選舉志，眾科之目，進士尤為貴，其得人亦最為盛焉。文宗好學嗜古，鄭覃以經術位宰相，深嫉進士浮薄，屢請罷之……」[23]。《通典》卷一五〈選舉三〉云：

「（開元天寶之際）太平君子唯門調戶選，徵文射策，以取祿位，此行已立身之美者也。父教其子，兄教其弟，無所易業。大者登台閣，小者任郡縣，資身奉家，各得其足。五尺童子恥不言文墨焉。是以進士為士林華選，四方觀聽，希其風采，每歲得第之人，不浹辰而周聞天下」[24]。

"開元"以後及"天寶"的時期，尤其，重視"進士"，欲為官，唯有"進

註22：同註17，頁三～四。

註23：顧炎武：《日知錄》三十二卷，（長沙・商務，西元一九三九年，萬有文庫第一、二集簡編五百種國學基本叢書），頁六五。

註24：杜佑（唐）：《通典》，（北京・中華，西元一九八四年），頁典八四。

士”一途。藩鎮割據、軍閥混戰之際，文宗朝的宦官、“朋黨”權勢益張，對“門第”觀的衝擊頗大，舊族的文化又再遭到破壞。與六朝相比，唐代的山東舊族在經濟上有衰退的趨勢，其社會地位依然很高，依據《新唐書・宰相世系表》的統計，顯示山東舊族的勢力仍不容小覷[25]。

二、經濟背景

唐初，取代隋煬帝的政權，即關隴集團（盤據長安者）[26]；博陵崔氏是山東舊族的一支。山東舊族與關隴集團之間，存在著矛盾。山東士人以文化顯族自居；他們以“門第”做為地位的準則，傲視關中士人[27]。朝廷為穩固江山，君臣上下勵精圖治，鼓勵百姓生產，彌補隋末動亂的傷痛。繁榮的經濟，足一個世紀之久。“貞觀”初年，「戶不及三百萬，絹一匹易米一斗。至四年，米

註25：同註10，頁四一～四四。

註26：甘懷真：〈隋文帝時代軍權與「關隴集團」之關係〉，（臺北・文史哲，民國八十年），《唐代文化研討會論文集》，頁四八八。

註27：李浩：《唐代關中士族與文學》，（臺北・文津，民國八十八年六月），頁一三四。

斗四五錢，外戶不閉者數月，人行數千里不齎糧，民物蕃息」[28]。”開元“時期更達巔峰，「安西諸國，悉平為郡縣。自開遠門西行，恒地萬餘里，入河隍之賦稅。左右藏庫，財物山積，不可勝較。四方豐稔，百姓殷富，管戶一千餘萬，米一斗三、四文，丁壯之人，不識兵器。路不拾遺，行者不囊糧」[29]。即有名的”貞觀之治“與”開元之治“。

在財政的思想上，唐人楊炎首提”量出以制入“的概念，相當於中央政府要先對年度支出訂出預算，作為相應的”兩稅徵收“的指標。正如劉不同在《中國財政史》解釋：「此言先有預算，後有科徵，先計國用，次賦於人。量國家之所需，以制每年之科徵，惜楊氏未指出如何量出以制入」[30]。楊炎因「科斂之名凡數百，廢者不削，重者不去，新舊仍積，不知其涯，百姓受命而供之，瀝膏血，鬻親愛，旬輸月送無休息」，故「請作兩稅法，以一其名」，並建議：「凡百役之費，一錢之斂，先度其數而賦於人，量出以制入」[31]。元稹在憲宗

註28：同註5，頁一三四四。
註29：鄭綮（唐）：《開天傳信記》，（清嘉慶十年虞山張氏照曠閣刊本），頁二。
註30：劉不同：《中國財政史》，（臺北・大東，民國三十七年七月），頁十七。
註31：同註5，頁三四二一。

”元和“初年所上的〈錢貨議狀〉中說：「自國家置兩稅已來，天下之財，限為三品，一、上供，二、留使，三、留州，皆量出以為入，定額以給資」[32]，其中”量出以為入“、”定額以給資“是同義詞，反覆運用，用今天的財政術語就是”以支定收“。

三、教育背景

民間普遍設”家塾“，延聘”儒“師。家境較差者，由母親授之，像：〈鶯鶯傳〉的作者元稹及其之友柳宗元。柳宗元之母范楊盧氏，「七歲通《毛詩》及劉氏《烈女傳》。斟酌而行，不墜其旨」，柳宗元的父親也曾說：「吾所讀舊史及諸子書，夫人聞而盡知之，無遺者」，”大歷“十二年（七七七），柳宗元四歲，家居京城長安；母親教宗元古詩賦，教女兒們”詩書“、”經史“、禮儀和女紅；由盧氏的記載，知她極注重婦女的教育。《太平廣記》卷七十〈戚逍遙〉曰：「戚逍遙，冀州南宮人也。父以教授自資」[33]，皇

註32：元稹（唐）：《元稹集》卷三四，（北京・中華，西元一九八二年八月），頁三九六。

註33：李昉（宋）：《太平廣記》卷七十，（上海・古籍，西元一九九〇年），頁一〇四三—

室聘用的老師皆是碩學朝臣，如：《舊唐書》卷八六〈高宗中宗諸子傳〉：「許王素節，高宗第四子也。年六歲，永徽二年（六五一），封雍王，尋授雍州牧。素節能日誦古詩賦五百餘言，受業於學士徐齊聃，精勤不倦，高宗甚愛之」[34]。徐齊聃於為官之外，擔任皇家"私塾"的老師。傳統社會，教導女孩以"德"為重。《女則》、《女孝經》、《女論語》等為著名的婦女教育理論之著作。唐太宗的長孫皇后曾作《女則》三十卷，採自婦人在行為上常犯的缺失，以垂範後人，太宗曾頒行於世。唐代，散郎陳邈妻鄭氏作《女孝經》，自云：「上自皇后，下及庶人，不行孝而成名者，未之聞也。妾不敢自專，因以曹大家為主，雖不足藏之巖石」[35]，其十八章內容有："后妃"、"夫人"、"邦君"、"庶人"、"事舅姑"、"三才"、"孝治"、"賢明"、"紀德行"、"五刑"、"廣要道"、"廣守信"、"廣揚名"、"諫諍"、"胎教"、"母儀"、"舉惡"。

三五四～一〇四三—三五五。

註34：同註5卷八六，頁二八二六。

註35：鄭氏（唐）：《女孝經》序言，（臺北・藝文，民國五十六年，據明崇禎毛晉校刊津逮秘書本），頁一。

設館修”史“的目的在教育。唐代以前、秦漢以降，”史“書的撰述，大多成於一人之手，且為世襲，像：《史記》的完成為司馬談、司馬遷父子，再像《漢書》，則是班固傳承其父班彪的志業，繼續改寫，其妹班昭又補充不足之處。後因”史“料愈益繁複，搜集與整理的工作，非個人的力量所能勝任，遂由私家的撰述轉變為集體的編纂。唐代，妙選”史“才，專任”史“著。唐對編”史“的重視，如：《舊唐書》云：

「歷代史官隸秘書省著作局，皆著作郎掌修國史。武德因隋舊制，貞觀三年閏十二月，始移史館於禁中，在門下省北，宰相監修國史，自是著作郎始罷史職」[36]。

一改過去史官隸屬秘書省”著作局“，由”著作郎“掌修國”史“之制，正式成立”史館“，移置禁中的”門下省北“。

我國圖書形制演變的過程，由”卷軸“變”摺疊“，元人伍邱衍《閒居

註36：同註5，頁一八五二。

錄》載，「古書皆卷軸，以卷舒之難，因而為摺；久而摺斷，復為簿帙」[37]。明胡應麟《少室山房筆叢》卷四〈經籍會通〉及近人葉德輝《書林清話》卷一亦持相同的見解。自後漢和帝時，蔡倫發明造紙後，直至唐代以前的圖書都作“卷軸”。此外，還有一種書裝，就是印度的“貝葉”，它流行於我國。《大唐西域記》卷十一載：「恭建那補羅國……城北不遠，有多羅樹林；周三十餘里。其葉長廣，其色光潤，諸國書寫，莫不採用」[38]。“多羅樹”又名“貝多樹”，它的葉子，人們稱它為“貝葉”，印度用“貝葉”書寫“佛教”。歐陽修在《歸田錄》說明唐代的書冊，有所謂的“葉子”：

> 「葉子格者，自唐中世以後有之。說者云，因人有姓葉號葉子青一作清，或作晉者撰此格，因以為名。此說非也。唐人藏書，皆作卷軸，其後有葉子，其制似今策子。凡文字有備檢用者，卷軸難數卷舒，故以葉子寫之」[39]。

註37：伍邱衍（元）：《閒居錄》，（臺北・商務，四庫全書珍本），頁二三。

註38：玄奘（唐）：《大唐西域記》卷十一，（上海，人民，西元一九七七年），頁八。

註39：同註19，頁三一。

四、宗教背景

在對外族的治理方面，面臨考驗，產生內政的問題；”天寶“末年的安史之亂，居民紛紛遷徙，搬到較為安定的地方；動亂後，國運由盛轉衰。京師舉行的”科舉“造成”幾家歡樂，幾家愁“的現象，已封官入仕者，高興的赴任，未被封官的士子滯留京師，準備來年的考試，京師的流動人口頓時增加。”科舉“制的意義在於它讓缺乏世族背景的士子，有機會參與政治活動，實現他們的理想[40]。另外，唐重視民族融合，而且，是大範圍的來往、遷移。”貞觀“年間，異族人口的內徙，「中國人自塞外歸及突厥前後內附，開四夷為州縣者，男女一百二十餘萬口」[41]、五年，「以金帛購中國人因隋亂沒突厥者男女八萬人，盡還其家屬」[42]，大量的異國人口遷入，異域的精神悄悄的進入。唐初，藉國際貿易發展的機會，將政治體制輸出海外，互相激盪著彼此的文化。

註40：路雲亭：〈唐初政治的開放性與唐詩的繁榮〉，（《山西大學學報》哲學社會科學版第三期，西元一九九四年），頁三七～三八。

註41：同註5，頁三七。

註42：同前註，頁四一。

唐代的規章制定，蘊含“儒學”的思維，於教育制度中，建立崇“聖”尊“儒”；“貞觀”時期，對“儒學”的認知超過“封建”帝王，唐太宗將其應用在政治上，「朕今所好者，惟在堯、舜之道，周、孔之教，以為如鳥有翼，如魚依水，失之必死，不可暫無耳」[43]。在太宗看來，堯、舜、禹所行的是“仁義”之道。孔子的獨尊地位，經歷波折，唐高宗“永徽”年間，曾復立周公為“先聖”，降孔子為“先師”，引起朝臣的爭論。“顯慶”二年七月（六五七），長孫無忌及許敬宗等聯名上書，要求恢復孔子為“先聖”[44]。《唐會要》卷三五〈褒崇先聖〉有詳盡的記載：

「按新禮，孔子為先聖，顏回為先師，又准貞觀二十一年，以孔子為先聖，更以左邱明等二十二人，與顏回俱配尼父於太學，並為先師。今據永徽令文，改用周公為先聖，遂黜孔子為先師，顏回、左邱明並為從祀。謹按《禮記》云：『凡學、春，釋奠於其先師』。鄭元注曰：『官

註43：吳競（唐）：《貞觀政要》卷六，（上海書店，西元一九八四年七月），頁十三。

註44：宋大川：《唐代教育體制研究》，（山西・教育，西元一九九八年十月），頁二三一～二四。

謂詩、書、禮、樂之官也』，先師者，若《禮》有高堂生，《樂》有制氏，《詩》有毛公，《書》有伏生可以為師者。又《禮記》曰：『始立學，釋奠於先聖』。鄭元注曰：『若周公、孔子也』。據禮為定，昭然自別。聖則非周即孔，師則偏善一經。漢、魏以來，取舍各異。顏回、孔子互作先師，依宣父周公，迭為先聖，求其節文，遞有得失。所以貞觀之末，親降綸言，依《禮記》之明文，酌康成之奧說，正孔子為先聖，加眾儒為先師，永垂至於後昆，革往代之紕繆」[45]。

唐代引導世界的思想，首推以"儒學"為中心及從"儒學"發展出來的"理學"。

註45：王溥（宋）：《唐會要》，（北京・中華，西元一九五五年六月），頁六三六。

第貳節　《董西廂》的背景

一、社會背景

金太祖攻遼，將遼文化帶入金，遼朝又深愛中原的文化。據史書載，金太宗取宋，搜刮大量經籍圖書，像：《四庫提要》卷一九〇記：「中原文獻實併入於金」。還帶走不少漢族文人，如：宇文虛中、蔡松年、高士談、吳激等為金所用[46]。與漢文化相比，契丹、女真的文化相當原始，其服飾、髮飾有原始民族的特徵，「金俗好衣白辮，髮垂肩……自滅遼侵宋，漸有文飾」[47]；他們羨慕漢文化，很快的接受與融合[48]。金朝的上位者有鑒於女真民族勇武剽悍的

註46：趙永春：〈論金代士風〉，（《松遼學刊》第五期社會科學版，西元一九九九年），頁六一。

註47：宇文懋昭：《大金國志・男女冠服》，（臺北・廣文，民國五十七年五月），頁四六五。

註48：張晶：〈金代民族文化關係與金詩的特殊風貌〉，（《遼寧師範大學學報》第四期社科版，西元一九九八年），頁六二～六四。

精神，在逐漸消失中，故惟吸收宋代的政治制度、倫理思想、“經史”、典故等，對會侵蝕女真人純樸性格的精神加以排拒；金世宗最為貫徹，一面提倡中原文化，一面保存和弘揚女真文化，和中原文化並存，他認為：「女真舊風最為純直，雖不如書，然祭天地、敬親戚、尊耆老、接賓客、信朋友，禮意款曲，皆出自來」，據世宗的描述，女真民族的純樸與“儒家”的倫理思想不相違背[49]。過去的學者，對金文學的評價僅從文學成就出發，忽略其本質，它的文學展現“地域”走向，女真南侵，迫使宋廷南渡，中原文化的主體隨著政權南遷；尚有一些文人隨入侵者北歸，北方籍作家湧現。海陵王朝遷都燕京以後，大批女真人從白山黑水的發祥地向南遷移，與北遷的漢人相會，燕京一帶，形成政治文化中心，且帶動文學的發展[50]。

金朝不斷擾亂北宋的邊境，擄獲一些漢語作家，這些漢語作家的長才得以發揮。北方的作家缺乏漢語作家的優勢，漢族文學複雜的樣式、繁多的規矩構成他們的沉重負荷，他們力求創新，但總是受到傳統的牽制，有“身在此山

註49：同前註，頁六五。

註50：胡傳志：〈金代文學特徵論〉，（《文學評論》第一期，西元二〇〇〇年），頁八三～八五。

中"的困惑[51]；金末文人產生"毫傑"式的作品。國勢衰危時，是創作的低潮。"毫傑"式的作家之外向個性，不會隨江河日下而消沉，他們面臨流離顛沛、衣食無著的窘境，仍不改「落落自拔，耿耿自信，百窮而不憫，百辱而不沮，任重道遠，若將死而後已者三十年」、「詩律深嚴，而有自得之趣，性野逸，不隨威儀，貴人延客，敬之麻衣草履，足脛赤露，坦然於其間，劇談毫飲，旁若無人」[52]。

金朝的士大夫如同唐代的士大夫，十分善於交往，以結交良友為樂，他們之間，以"詩酒酬唱"往來。劉祁作《歸潛志》記：趙秉文、王郁、雷淵、李獻能、王若虛、麻九疇、史學優、宋九喜、李汾、楊宏道、元好問、張邦直、劉祁等等，常一起互相吟唱[53]；並敘述文壇諸家的生平、創作的傾向，為欲研究金朝文學者，堤供重要的資料。金的民間用"歌唱"傳達求偶的訊息，《三朝北盟會編》記錄婚嫁之習俗：「其婚嫁，富者，則以牛馬為幣。貧者，則女年及笄，行歌於途，其歌也，乃自敘家世，婦工容色，以伸求侶之意。聽者，

註51：同前註，頁八六～八八。

註52：元好問：《中州集》，（臺北：商務，涵芬樓景印武進董氏誦芬室景元刊本），頁一。

註53：劉祁：《歸潛志》，（臺北：藝文，《知不足齋叢書》），頁六二～六三。

有未娶，欲納之者，即攜而歸。其後方具禮偕女來家以告父母」[54]；《松漠紀聞》云：

「契丹、女真貴游子弟及富家兒，月夕被酒，則相率攜尊，馳馬戲，飲其地。婦女聞其至，多聚觀之間，令侍坐與之酒，則飲，亦有起舞歌謳，以侑觴者，邂逅相契，調謔往反，即載以歸。……因執子婿之禮，其俗謂男女自媒，勝於納幣」[55]。

金朝，民間承襲漢族"自薦"的舊習；多是貧者或居於弱勢者，才會"自薦"。《董西廂》中的張生，在夫人擺的酒宴上，因酒之便而自媒。「東方朔求見武帝，尚自媒書，時異事同，無不讓矣。……今因酒使」[56]。在席上，張生自我介紹：

註54：徐夢莘（宋）：《三朝北盟會編・政宣上帙》卷三，（臺北・文海，民國五十一年九月），頁三三。

註55：洪浩（宋）：《松漠紀聞》，清嘉慶十年虞山張氏照曠閣刊本，頁六。

註56：凌景埏校注：古本董解元《西廂記》，（北京・人民，西元一九六二年），頁七〇。

「祖、父皆登仕版，兩典大郡，再掌絲綸，某弟某兄，各司要職。惟珙未伸表，流落四方。……今日蒙聖天子下詔，乃丈夫富貴之秋，姑待來年，必期中鵠」[57]。

其時，亦有”門第“的觀念，深植社會各階層。

女真族的音樂是模仿大自然的聲響，「其樂惟鼓笛，其歌惟鷓鴣曲，第高下長短如鷓鴣聲而已」[58]；其舞蹈則是模仿戰爭的場面或狩獵，且吸收大量的漢族音樂，金太祖”天輔“五年下詔：「若克中京，所得禮樂儀仗圖書文籍，並先次津發付闕」[59]，由此窺知，金初，仍未建立音樂及”典章“制度，漢族的音樂裡，含有”禮“和”樂“，平和的主張有助於政令的推動；據《金史》卷三九：「初，太宗取汴」，實現太祖所下的命令，「得宋之儀章鐘磬樂虡，

註57：同前註，頁十～十一。
註58：同註47，頁四六三～四六四。
註59：脫脫（元）：《金史》，（北京．中華，西元一九七五年），頁三六。

挈之以歸，皇統元年，熙宗加尊號，始就用宋樂」[60]。然而，世宗惋惜女真人盡棄舊俗，乙卯時，對眾宰臣說：

> 「會寧乃國家興亡之地，自海陵遷都永安，女直人寢忘舊風。朕時嘗見女直風俗，迄今不忘。今之燕飲音樂，皆習漢風，蓋以備禮也，非朕心所好。東宮不知女直風俗，第以朕故，猶尚存之。恐異時一變此風，非長久之計。甚欲，至會寧，使子孫得見舊俗，庶幾習效之」[61]。

世宗獎勵唱本族的歌曲，並親自歌之，在"大定"二十五年（一一八五）四月，宗室宴會上，世宗說：「來故鄉數月矣，今迴期已近，有一人歌本曲者，汝曹來前，為汝歌」[62]。世宗還「禁女直人毋得譯為漢姓」[63]、「禁女直人不得改稱漢姓，學南人衣裝，犯者抵罪」[64]，試圖以法律的力量抵制漢文化的侵

註60：同註59，頁八八二。
註61：同前註，頁一五八～一五九。
註62：同註59，頁八九二。
註63：同前註，頁一五九。
註64：同註59，頁一九九。

蝕，世宗有如此大的動作，說明漢化的嚴重。而金朝的”禮樂“、”刑政“又多因襲遼、宋舊制，章宗朝重視”典章“的建立，其即位後，修訂”禮樂“法度。劉祁稱讚”明昌“、”承安“時期，「不煩擾，不更張偃息干戈，脩崇學校，議者以為有漢文景風」，”明昌“、”承安“間號稱金朝的”盛世“[65]，此時，社會的經濟獲得顯著的進展。

金朝的考試制度借鑒唐、宋的”科舉“制；金的”科舉“制始創於太宗”天會“元年（一一二四），其時，”急欲得漢士，撫輯新附，故設科取士“，”科舉“制初無定制、定期、定數。在太祖時，有安撫歸附之民的措施，「新附之民，有材能者，可錄用之」[66]，「國書詔令，宜選善屬文者為之。其令所在訪求博學雄才之士，敦遣赴闕」[67]，五年（一一二九），因河北、河東初降，職員多缺，且遼、宋不同制，「宜開貢舉取士，以安新民。其南北進士，各以所業試之」[68]，稱為”南北選“。熙宗”天眷“元年（一一三

註65：同註53，頁七。

註66：同註59，頁四〇。

註67：同前註，頁三二。

註68：同註59，頁五七。

八），詔“南北選”各以“經議”、“詞賦”取士，“科舉”考試內容開始趨向統一；世宗、章宗朝臻於繁榮，世宗「善於守成，躬自儉約以養士庶，修崇學校」[69]，先後成立“太學”、“府州學”及女真“國子學”。章宗「屬文為學，崇尚文雅」[70]，“明昌”、“泰和”間，「科舉之學盛，士大夫非賦不談」。

金人被中原的文化同化，熙宗朝，改革“封建”，但殘餘的“奴隸”制仍在頑強的抵抗，君臣之間保留“貴族”會議及“誓盟”之習。熙宗執行“三省六部”，將唐代的“三省”納入傳統制裡，融合女真族的舊制，廢“奴隸”制[71]。熙宗的變革，史稱“天眷官制”。洪皓的〈金國文具錄〉載金朝的官制：「近，左右司侍郎不除，卻置外郎各一人，六部初置吏、戶、禮三侍郎，位正四品，後置三尚書，仍兼兵、刑之任，正三品。又增三侍郎，升諸司郎中為從五品，添置外郎，其後六曹皆置尚書」[72]。

註69：同註53，頁一三六。
註70：同前註，頁一三六。
註71：程妮娜：〈論金代的三省制度〉，（《社會科學輯刊》第六期，西元一九九八年），頁一〇七～一〇九。
註72：洪皓：〈金國文具錄〉，《中國野史集成・續編》，（成都・巴蜀，西元二〇〇〇年一

二、經濟背景

金朝的經濟歷經摧殘、恢復、發展，末期的經濟回到衰弱，然而，不是初期經濟的的重演，是與新經濟的激盪、成長。特別注意黃河流域的經濟。金初，女真的”奴隸“受到”貴族“的摧殘，熙宗朝時，”奴隸“不再工作，”貴族“沒有生產力，改革後，北方的經濟有相當程度的好轉，從熙宗到章宗”明昌“、”承安“最為明顯，黃河流域的各項生產都恢復。金的幣制，是繼承北宋的舊制[73]。”董解元“活動的年代是金朝的極盛時期。章宗”承安“二年以前，以銀錠交易，銀錠的重量為五十兩，價格百貫文；民間亦私造銀錠，造成通貨澎脹的現象。解決這個問題，應由朝廷統一鑄幣，銀錠改為鑄幣，命名為”承安寶貨“，其制：「一兩至十兩分五等，每兩折錢二貫，公私同見錢用，仍定銷鑄及接受稽留罪賞格」[74]。

中原發達的經濟，使黑龍江地區的商業得以進展，上京城內開設專門的商

註73：張博泉：《金代經濟史略》，（遼寧・人民，西元一九八一年六月），頁十一。
註74：同註59，頁一〇七六。

月），頁一三七。

業區（北城），商業區內設油行、布行、銀行等。廣泛使用銅錢、交鈔、鐵錢及銀錠從事商業的活動。女真族建國四十年以後，於海陵王"貞元"二年（一一五四）始印交鈔，海陵王"正隆"三年（一一五八）又在中都設"鑄錢監二"，京兆設"鑄錢監一"，在太原府首鑄"正隆元寶"錢，世宗"大定"十八年（一一七八）又鑄"大定通寶"錢。一九七八年在豐台區盧溝橋公社發現一枚"大金正隆二年銀鋌"，銀鋌正面刻"邠州進奉正隆二年分，金吾衛上將軍靜難軍節度使臣完顏垣進上，正旦銀壹鋌重伍拾兩"。北京第一次發現金朝銀鋌，是研究金中都經濟和貨幣的寶貴材料[75]。二〇一一年三月二十三日於江西省南昌市新建區，發現大批的西漢文物。一直以來，研究者皆認為唐宋的校量方式是一千文銅錢為一貫；隨著這一批文物的出土，改變研究者的觀點，變更為西漢[76]。

由《董西廂》中，紅娘建議張生說：「先生平昔與法聰有舊，法聰新當庫

註75：王禹浪、崔廣彬：〈遼代女真人宗教考〉，（《遼金契丹女真史研究》第二期，西元一九八七年），頁二九～三一。

註76：參考http://tw.news.yahoo.com/一場世界文化遺產級的考古發掘——探訪史上保存最完整的西漢列侯墓園。

司，先生歸而貸之，何求不得」[77]，此現象為，由朝廷流傳到民間的"借貸"、"典質"情形；金初，被征服的人戶，因「衣食不足」，朝廷的對策是「官賑貸之」[78]。太宗時，「蠲民間貸息」[79]。熙宗"皇統"四年，「立借貸饑民酬賞格」[80]。世宗"大定"二十三年，名義上，為減輕民間的利息，實際上，借此「以助官吏廩給之費」，朝廷放高利"貸"；《金史》卷九十六〈黃九約傳〉記云：「時以貧富不均，或諭令富民分貸貧者」[81]，卷一百零七〈高汝礪傳〉載云：「循例推排」，民間「或虛作貧乏，故以產業低價質典」[82]；卷八十九〈移剌子敬傳〉，子敬去世，「家無餘財，其子質宅以營喪事」[83]。利息辦法分年息、月息、日息。金國立法，「舉財物者，月利不過三分，積久

註77：同註56，頁一二四。
註78：同註59，頁四〇。
註79：同前註，頁四九。
註80：同註59，頁八〇。
註81：同前註，頁二一二四。
註82：同註59，頁二三五二。
註83：同前註，頁一九九〇。

至倍則止」[84]。但民間多不遵從此規定，”大定“十三年，金世宗謂「聞民間質典，利息重者至五、七分，或以利為本，小民苦之」[85]。

”猛安謀克“制是女真族行政區域的建制，為”貴族“勢力的延伸[86]。初期，完顏阿骨打的施政方針是”奴隸“制，他仍在不改變”舊俗“下，奠定新的法制，以建監獄、嚴刑法、分輕重、別貴賤等強化”奴隸“制；阿骨打繼承其父兄的事業之後，不僅，要鞏固生女真諸部落，為了，擺脫遼政權，繼續發動戰爭抗遼；建立生女真”貴族“的統治核心會議，以圖謀向外擴展[87]。”猛安謀克“的成員有權自國家獲得一份土地耕種，並按”以口授田“或”計丁授田“，承擔兵役、徭役及賦役[88]。進入中原後，向”封建“制轉化，這種轉化

註84：同註59，頁一一一九。
註85：同前註，頁一三二〇。
註86：王景義：〈論金代猛安謀克制的產生和發展〉，（《綏化師專學報》第四期，西元一九九四年），頁四九。
註87：何俊哲、張達昌、于國石：《金朝史》，（北鎮中國社會科學，西元一九九二年八月），頁四五。
註88：同註86，頁五十~五一。

受到金王朝的抵制。世宗"大定"年間，將一部分土地租佃給漢人[89]，同時，又限制租佃，對宰臣說：「山東大名等路猛安謀克之民，驕縱奢侈，不事耕稼。詔遣閱實，計口授地，必令自耕，地有餘而力不贍者，方許招人租佃」[90]。自大慶地區出土犁鏵、趟頭等鐵農具，可知當時，女真族已普遍的使用鐵器，有相當發達的農業[91]。

促進民間文學的進步，靠的是造紙及印刷術的普及，像：《董西廂》的問世。依董氏墓中發現的戲台磚雕模型，表達一個訊息是，當時的戲劇，正在各地傳播，為"元雜劇"創造有利的條件[92]。葉德輝《書林清話》謂：「金源分割中原不久，乘以干戈，惟平水不當要衝，故書坊時萃於此」[93]。印刷術的發展帶動刻書事業之興盛，大約始於熙宗，盛於世宗和章宗時期。中都、南京、

註89：同前註，頁五一～五二。
註90：同註59，頁一七九。
註91：唐國文、曹英慧、李淑娟、史景元：〈大慶地區金代考古發現〉，（《大慶社會科學報》第三期，西元一九九四年），頁三十。
註92：張博泉：《金代經濟史略》，（遼寧人民，西元一九八一年六月），頁六三。
註93：葉德輝（清）：《書林清話》卷四附書林餘話，（揚州市・廣陵書社，西元二〇〇七年十二月），頁六五。

平陽、寧晉是金朝刻書中心，平陽設有專門出版的機構，刻書的商人，著名的有降州平水縣李子文刊印王朋壽《增廣類林》，平水晦明軒張存惠刻有《滏水文集》、《丹淵集》、《通鑑節要》[94]。

三、教育背景

金朝加強對遼、宋舊臣的控制，實行"科考"，選拔擅"儒學"的人才，並以扣留宋使的方式留住人才，由韓昉、宇文虛中等人定"禮儀"制度、修"史"定詔、在這些人才中，挑選充任外交使節者；熙宗時，提倡尊孔，積極學習"儒學"，海陵王時，"國子監"於"天德"三年（一一五一）大量刊印《易》、《書》、《詩》、《禮記》、《周禮》、《孝經》、《左傳》等等[95]。統治者重視"詞賦"而偏廢"儒學"。海陵王"天德"三年，曾罷"經義"、"策試"二科，專以"詞賦"取士，直到世宗"大定"二十八年（一一八八）恢復"經義"科。"大定"、"明昌"間的文士，受金初文風的薰陶，

註94：同註92，頁六二。

註95：魏崇武：〈金代儒學發展論談〉，（《贛南師範學院學報》第五期，西元一九九五年），頁五三。

在”儒學“上，沒有成績，詩文、書畫之成就則在同輩之上。宣宗”貞佑“二年（一二一四），金政權南遷汴京，國勢日衰，但是，於鑽研”儒學“方面，具新的局面，儒士們透過南宋使臣得到朱子《四書集注》，發為言論，聞者嘆服[96]。

江西省的考古人員發現（南昌市新建區觀西村），位於主槨室的西面，有屏風組件，上面繪有人物，另有題字，可辨認為”孔子“、”顏回“、”叔梁紇“等，經研判，這是最早的孔子像，證實是漢武帝時文物，武帝獨尊”儒術“[97]。

四、宗教背景

女真人有根深柢固、維繫著部族生存命脈的信仰，”董解元“運用兩次”夢境“的手法，與女真人常以托”夢“的形式來占卜吉凶有相似處，實際上，即”薩滿“教義內”萬物有靈“。《金史》卷二〈太祖紀〉載：「歲癸巳

註96：同註95。
註97：同註76。

十年，康宗夢逐狼，屢發不能中，太祖前射中之。旦日，以所夢問僚佐，眾皆曰：『吉。兄不能得而弟得之之兆也』」。原始部族信仰的"薩滿"教，含"自然崇拜"、"圖騰"、"萬物有靈"、"巫術"等，為"滿"的意思而得名，是通古斯語族語言。在我國歷史上，包括女真在內的十四個族及女真的後裔——滿族信仰此教[98]。吳振臣《寧古塔紀略》載：滿族每於春、秋兩季有跳神禮，「以當家婦為主，衣服外繫裙，裙腰上周圍繫長鐵鈴百數。手執紙鼓敲之，其聲鏜鏜然。口誦滿語，腰搖鈴響，以鼓接應，旁更有皮鼓數面，隨之敲和」[99]。在《金史》中，我們可以看到女真人敬天祭祖的慣例，也是教育子弟的教材。太祖阿骨打在與女真各首領商定起兵反遼之際，先行拜天祭祖。《金史・太祖紀》載：阿骨打「乃入見宣靜皇后，告以伐遼事，后曰：『汝嗣父兄立邦家，見可則行。吾老矣，無貽我憂，汝必不至是也』。太祖感泣，奉觴為壽。即奉后率諸將出門，舉觴東問：以遼人荒肆，不歸阿練，並已用兵之意，

註98：宋德金：《金代的社會生活》，（陝西・人民，西元一九八八年四月），頁一一〇～一一三。

註99：吳振臣（清）：《寧古塔紀略》，（臺北・廣文，民國五十七年），頁九。

禱于皇天后土」[100]。女真族吸收中原的祭祀社稷、風雨雷師、嶽鎮海瀆等的習俗。海陵王“貞元”元年閏十二月，始建社稷壇於上京；世宗“大定”七年七月，建壇於中都。章宗“明昌”五年，以每歲立春後丑日祀風神，立夏日後申日祀雨神和雷神[101]。

“佛教”於魏晉南北朝時，在東北地區流行，從鄰近的高麗、渤海等國傳入，“薩滿”教式微，「金之始祖諱函普，初從高麗來，年已六十餘矣。兄阿古迺好佛」[102]，此後，帝王公卿信“佛”甚篤。熙宗因其子濟安病重，與皇后至佛寺焚香，流涕哀禱[103]。海陵王“正隆”年，「御宣華門觀迎佛，賜諸寺僧絹五百匹、綵五十段、銀五百兩」[104]。世宗後期，採取限制的措施[105]，“大定”十四年（一一七四），世宗親諭宰相說：「聞愚民祈福，多建佛寺，

註100：同註59，頁二三。

註101：宋德金：《金代的社會生活》，（陝西人民，西元一九八八年四月），頁一〇四～一〇五。

註102：同註59，頁二。

註103：同前註，頁一七九七。

註104：同前註，頁一〇六。

註105：劉浦江：《遼金的佛教政策及其社會影響》，（《佛教研究》，西元一九九六年），頁二三五～二三六。

雖已條禁，尚多犯者，宜申約束，無令徒費財用」[106]，章宗對"佛教"的態度，與世宗一樣。"承安"元年（一一九六），「敕自今長老、大師、大德不限年甲，長老、大師許度弟子三人，大德二人，戒僧年四十以上者度一人。其大定十五年附籍沙彌年六十以上並令受戒，仍不許度弟子。尼、道士、女冠亦如之」[107]。

〈寺警〉的【尾聲】，張生以"佛教""生死輪迴"之理開釋法本：

【尾聲】『你把筆尚猶力弱，伊言欲退干戈，有的計對俺先道破』。

「生者，死之原。死者，生之路。生死乃人之常理，向者佛祖亦須入滅，況佛書分明自說因果。如等前生行惡于賊，今生固當冤報，何能苟免耶。若前世與賊無因，今世不能冤對，又何懼也」[108]。

法本反駁張生曰：

註106：同註59，頁一六一。
註107：同前註，頁二三九。
註108：同註56，頁五〇。

「子為儒者，行仁義之教，仁者愛人。惡所以害之者，固當除害，義者循理，惡所以亂之，固當除亂」[109]。

張生以《論語・陽貨》回答法本：

「君子有勇而無義，為亂。小人有勇而無義，為盜。故君子惡其勇而無禮也」[110]。

可以推知，"儒教"影響著上位者及百姓的思想。

《金史・太祖紀》中記載：阿骨打感嘆在荒年時，民眾過著慘不忍睹的生活：

「康宗七年，歲不登，民多流，強者轉而為盜。歡都等欲重其法，為盜

註109：同註56，頁五一。

註110：張榮春：《淺說論語》，（臺北・登城，民國八十八年一月），頁五九〇。

者皆殺之。太祖曰：『以財殺人，不可。財者，人所致也。』遂減盜賊徵償法為徵三倍。民間多逋負，賣妻子不能償，康宗與官屬會議，太祖在外庭以帛繫杖端，麾其眾，令曰：『今貧者不能自活，賣妻子以償債。骨肉之愛，人心所同。自今三年勿徵，過三年徐圖之。』」

阿骨打所說的「骨肉之愛，人心所向。……」，他正受儒家"仁愛"思想的薰陶。熙宗常借鏡中原的"君臣"相處之道，對翰林學士韓昉論及應如何為一賢君，他說：

「朕每閱貞關政要，見其君臣議論，大可規法。翰林學士韓昉對曰：『皆由太宗溫顏訪問，房、杜輩竭忠盡誠。其書雖簡，足以為法。』上曰：『太宗固一代賢君，明皇何如？』昉曰：『唐自太宗以來，惟明皇、憲宗可數。明皇所謂有 始而無終者。初以艱危得位，用姚崇、宋璟，惟正是行，故能成開元之治。末年怠於萬機，委政李林甫，姦諛是用，以致天寶之亂。苟能慎終如始，則貞觀之風不難追矣』」[111]。

世宗即位後，執行"仁政"；其"仁政"乃針對海陵王的"暴政"提出，有鑒於海陵王的失德，落得身敗人亡，故世宗云：「天下大器歸於有德，海陵失道，朕乃得之」。世宗深切的體認到統治者的奢靡無度，及無休止的戰爭，兵役、勞役過重，不能維持正常的社會生產，導致敗亡。他常舉亡遼戰役[112]，試圖喚起朝臣的意識，「亡遼日屠食羊三百，亦豈能盡用，徒傷生耳」[113]。

女真族在建國前，"佛教"和"儒教"沒有主導的地位，它們從其宗旨中，吸取有益的義理、觀念；建國後，"佛教"和"儒教"漸漸的興盛起來。

註111：同註59，頁七四。
註112：同註59，頁一四三～一四五。
註113：何宛英：〈金代史學與金代政治〉，（《北京師範大學學報》第三期社會科學版，西元一九九八年），頁六二～六三。

第肆章　〈鶯鶯傳〉、《董西廂》”人物“形象的研究

第壹節　人性的”衝突“與”矛盾“

一、人性的”衝突“

對於西方人而言，自然（nature）即本質，人性（human nature）就是人類之本質，為人類之自然狀態。人類異於其他動物，乃在於人類有文化或習俗。自然是普遍的，各個人種的文化或習俗殊異。西方的人性論是文化、習俗與自然”對立“，可能與西方對語言的認知有密切的關係，東方的中國，我們對人性有截然不同的認知，宋、明”理學“有所謂的”天人關係“或”性理“，並無與自然”對立“[1]。

佛洛依德提出”人格三部結構“學說，他的”人格“，是由”本我“、

註1：陳其南：《文化結構與神話》，（臺北・允辰，民國七十六年八月），頁四五～四六。

”自我“、”超我“三部分構成。”本我“為原始的力量，”本我“滿足基本的生物需求，毫無掩蓋與約束，尋找快感。佛氏的本能之單一動機來源，稱作”力必多“（libido，譯為性慾或慾力），”本我“是”力必多“經學習後的修正方式。”自我“是”人格結構“的表層，它代表理性和機智，監督”本我“，是”本我“的”力必多“，要求和外界的”現實“社會斡旋[2]，”超我“受一切外在因素之左右，如：道德、宗教等等的力量，在這些因素約束下，形成”下意識“或”潛意識“[3]。

中國的青年男女長期被”封建禮教“束縛，不能隨自己的意願選擇婚姻。唐代以前的創作中，很難有歌頌自由愛情的作品。宋、元時期，”說唱“、”雜劇“等平民藝術興起，逐漸有歌頌愛情，批判”封建“的作品。本文之”西廂“故事，蘊含”情“與”禮“的”矛盾“、”衝突“。〈鶯鶯傳〉內的鶯鶯在面對”情“的時候，與”禮“產生”衝突“；而《董西廂》裡，《董》劇對”情“與”禮“的編排，部分承襲〈鶯鶯傳〉，稍後的情節，鶯不顧”禮

註2：馬起華：《現代心理學》，（臺北・黎民，民國六十七年七月），頁一五四。

註3：鄭大華：〈文化與社會的進程：影響人類社會的81次文化活動〉，（北京・中國青年，西元一九九四年九月），頁二三二。

教"；正式來往之前，鶯與張見過兩次面，第一次，見面非自願，是在母親催促下出來見張，"久之，乃至"[4]，第二次，張接到鶯的回信，「待月西廂下，迎風戶半開。隔牆花影動，疑是玉人來」[5]，張迫不及待的赴約，卻被鶯數落一番（〈鶯鶯傳〉的情節）；鶯嚴守"禮法"，卻無法抗拒誘惑，在"情"和"禮"之間形成拉距。鶯違背"禮教"，又引起無限的懊悔，「豈期既見君子，而不能定情，致有自獻之羞，不復明侍巾幘。沒身永恨，含嘆何言」[6]，鶯的"矛盾"心態表露無遺[7]。《董》劇在情節上，作大幅的變化，以喜劇的方式收尾，達到"情"與"禮"的昇華。

深刻真實的戲劇必含"衝突"，是"人物"真性情的展現，"西廂"故事中，大部分的"衝突"為夫人所造成。《董》劇中，夫人的決定差一點讓劇情反轉，"董解元"頻創"高潮"，包括：張生的心灰、紅娘與夫人的對話、鶯與張欲雙雙殉情。自古以來，戲劇的安排皆會用"借用"法，在不同的時代，

註4：王夢鷗校釋：《唐人小説校釋》，（臺北・正中，民國七十二年三月），頁八二。

註5：同前註，頁八三。

註6：同註4，頁八六。

註7：姚力芸：《西廂之戀——才子佳人文學的典範》，（山西・教育，西元一九九四年四月），頁六一～六三。

戲劇家在自己所編的作品裡，”借用“其他作品的情節、結局。大多數劇本”借用“歷代史料，如：”唐傳奇“、”宋話本“與明擬”話本“、《聊齋誌異》、《三國演義》等等；元稹的〈鶯鶯傳〉（〈會真記〉）為”董解元“借用“，編成”說唱“的伎藝，王實甫”借走“〈鶯鶯傳〉、《董西廂》，改造為”元雜劇“[8]。

二、”矛盾“的”對立性“與”同一性“

研究社會現象的學者認為”矛盾“具”對立性“和”同一性“。”矛盾“的”對立性“是說事物內部有相互排斥的因素。而”矛盾“的”同一性“是說互相排斥中，又有相同的因素相互依存。由字面看，”矛盾“似乎只有相互排斥，沒有相互依存的傾向，如果只有相互排斥，結果是，雙方越排斥越遠，無法共存。事實上，”矛盾“的雙方多數時候總是依一定條件共存於一個”統一體“中[9]。《董西廂》內，從夫人接受紅娘的說法，得到驗證。

註8：陳世雄：《戲劇思維》，（福建・教育，西元一九九六年八月），頁一二六。
註9：郭和平：〈應當確立矛盾雙方具有共同性的同一性新原理〉，（《雲南教育學院學報》第

文藝復興時期的哲學家布魯諾也發表過類似的見解，他認為：任何“對立”物總有相同的性質，負面的“恨”是由正面的“愛”所衍生。所謂：由“愛”生“恨”，以根源而論，“愛”和“恨”、“友誼”和“敵對”是同一個東西。中國哲學史上，亦有不少相似的論述，如：“對待之合一”。後人張岱年研究甚詳，他說：

> 「事物變化之基本規律為對立統一，亦可謂兩一，今釋對立統一，須先說同異。同異為事物之間之最基本的關係。凡一類之兩級或兩分，謂之對立，亦曰對待。一類之兩級謂之相反；一類之兩分謂之相非，亦謂之矛盾，總括相反與相非，謂之對立。凡同類之性質或事物，其間亦有相異，且其彼此之間之相異亦復不同」[10]。

十卷第三期，西元一九九四年六月），頁十八。

註10：張岱年：《張岱年全集》，（河北．人民，西元一九九六年十二月），頁一八四～一八七。

三、“人物”形象的“兩極性格”組合

“人物”的性格裡，有“衝突”和“矛盾”，就是“兩極性格”，如：“善”與“惡”、“美”與“醜”、“天真”與“陰險”、“堅強”與“懦弱”、“正直”與“狡詐”、“高尚”與“卑鄙”等等；劇本中的“人物”，他們的“性格”為：（1）同一“人物”身上有“對立”的“兩極性格”依次出現；（2）亦有同時發生的狀況[11]；一起發生的時候，常常是“人物”要進行重要決擇的關頭，內心深處表現其“矛盾”掙扎，“人物”在掙扎中，出現不同的“性格”，也會有多種“矛盾”交織在一起的情形，像：憂鬱、徘徊、心神不定、惶惑不安，如同〈鶯鶯傳〉中，鶯鶯的猶豫“性格”；「張生將之長安，先以情諭之。崔氏宛無難詞，然而愁怨之容動人矣。將行之再夕，不復可見……異時獨夜操琴，愁弄悽惻。張竊聽之。求之，則終不復鼓矣。以是愈惑之」[12]；多愁善感的鶯，在張滯留京師時，她的反應則是「豈其既見君

註11：楊文明：〈論劇本文學中「兩級性格組合」現象〉，（《西北大學學報》哲學社會科學版第二十四卷第三期，西元一九九四年），頁十三。

註12：同註4，頁八四。

子，……。沒身永恨，含歎何言」[13]，而董作中的鶯具剛烈的個性，是作者特意的改造，因此兩部著作有不同的結局。”現實“社會裡，人的內心經常和”對抗性格“並存[14]。劉再復在《性格組合論》中指出：

「每個人的性格，就是一個構造獨特的世界，都自成一個有機的系統，形成這個系統的各種元素都有自己的排列方式和組合方式。但是，任何一個人，不管性格多麼複雜，都是相反兩極所構成的。……從個人與人類社會總體的關係來看，有適於社會前進要求的肯定性的一級，又有不適應社會前進要求的否定性的一級；從人的倫理角度來看，有善的一級，也有惡的一級；從人的社會實踐角度來看，有真的一級，也有假的一級；從人的審美角度來看，有美的一級，也有醜的一級」[15]。

兩人的”性格“，常用”對比“的方式表現，除了文學，人與人的往來，亦看

註13：同前註，頁八六。
註14：同註11，頁十五。
註15：劉再復：《性格組合論》，(上海・文藝，西元一九八六年七月)，頁五九。

得出彼此的“性格”，“性格”是一個人對待“現實”的態度。人的“性格”是可塑的，可塑的程度視個體的年齡和刺激的強度而變化。某種“性格”一旦形成，就有相當程度的穩定性[16]。

第貳節　主要“人物”形象

一、形象之釋義

任何形象，必須透過交往才能顯現。有時，我們的思維來自“間接”的經驗，“間接”經驗出自他人的“直接”經驗，或亦是他人的“間接”的經驗，他的經驗可能有證實或可能沒有證實，沒有證實的經驗較有風險。學習他人的經驗，再與自己的經驗結合，成為形象[17]。

註16：莊志明：《審美活動與性格塑造》，（上海・人民，西元一九八六年四月），頁一、頁二十。

註17：何邦泰、焦堯秋：《形象思維學概論》，（廣西・人民，西元一九八九年一月），頁一～二。

形象，經過創作，呈現感人的情節。作家創造”人物“前，先有故事的梗概及預期的收場（動機），梗概與收場為必備的，有了準備，”人物“的原形就浮出。故”人物“形象的塑造受動機、生活經歷、作品情節的拓展、”人物性格“必然發展的規律之影響[18]。”唐傳奇“中，文人士子的生活，部分為作者的寫照，作品對男主角蓄意的讚美，像：元稹描述〈鶯鶯傳〉內的張生，是個謙謙君子，「非禮不可入」[19]。不但，賦予男主角各種美德，讚賞他的詩才，〈霍小玉傳〉介紹男主角：「隴西李生名益，年二十，以進士擢第。其明年，拔萃，俟試於天官」[20]。男主角為風流多情，又汲汲於求取”功名“，兩者不可兼得的結果，造成”衝突“和”矛盾“[21]。

註18：張光全：〈從人物原型到作品人物形象的內在機制〉，（《寧夏大學學報》哲學社學科學版第十九卷第四期，西元一九九七年），頁九四。

註19：同註4，頁八一。

註20：同前註，頁一九三。

註21：王枝忠：《古典小說考論》，（寧夏・人民，西元一九九二年十一月），頁五六。

二、〈鶯鶯傳〉主要"人物"——張生、鶯鶯

〈鶯鶯傳〉描寫張生是位熱中"功名"的才子，追求與"高門"聯姻，這種現象在唐代很普遍[22]。張為"現實主義"者，他覺得崔家已家道中落。陳寅恪〈讀鶯鶯傳〉考證，陳氏認為，鶯鶯非"高門"，張受"門第"觀念的教育[23]，理所當然的，拋棄鶯；吳志達的《唐人傳奇》說明"崔氏之家"不是顯赫的士族之家，政治上，又失勢，張為方便自己的仕途，而攀高結貴[24]。程毅中《唐代小說史話》[25]、俞汝捷《幻想和寄託的國度——志怪傳奇新論》等文，均有論證[26]。

註22：同註7，頁六九。

註23：陳寅恪：《元白詩箋證稿》，（臺北．世界，民國五十二年一月），頁一一二。

註24：吳志達：《唐人傳奇》，（臺北．木鐸，民國七十二年九月），頁六四～六五；俞汝捷：《幻想和寄託的國度——志怪傳奇新論》，（臺北．淑馨，民國八十年四月），頁一三三。

註25：程毅中：《唐代小說史話》，（北京．文化藝術，西元一九九〇年十二月），頁一二九。

註26：俞汝捷：《幻想和寄託的國度——志怪傳奇新論》，（臺北．淑馨，民國八十年四月），頁一三三。

〈鶯鶯傳〉中，張不被”禮教“約束，悠遊於社會的規範與男女的情愛間，鄙視鶯的委身。無論是愛情或仕途，張都是勝利者。元稹藉朋友之口，稱許張”善補過“，托辭〈鶯鶯傳〉是一則典範教材，可使「知者不為，為之者不惑」[27]，卻得到反效果，讀者多同情於鶯的遭遇，責難張[28]。

鶯鶯必須守著”禮教“[29]。在初次與張會面時，出現端倪，崔母感念張的救命之恩，特設宴答謝，命子女以「仁兄禮奉見」……「命其子歡郎：可十餘歲，容甚溫美。次命女：『出拜爾兄，爾兄活爾』」[30]，久之，辭疾。鄭怒曰：「張兄保爾之命，不然爾且虜矣。能復遠嫌乎」，久之，乃至[31]。鶯為何不願出來應對，大約與後文所述的鶯「言則敏辯，而寡於酬對」有關，兩個”久之“充分顯示鶯對母親的消極抗拒，產生”矛盾“。以”微恙“為藉口，母親

註27：同註4，頁八八。
註28：莊宜文：〈是超越還是陷溺——從鶯鶯傳看傳統女性的愛情困境〉，（《國文天地》第十四卷第五期，民國八十七年十月），頁六三。
註29：鍾慧玲：為郎憔悴卻羞郎——論〈鶯鶯傳〉中的人物造型及元稹的愛情觀，（《東海中文學報》第十一期，民國八十三年十二月），頁四五。
註30：同註4，頁八二。
註31：同前註。

不悅，她才勉強出來。甚至，只以普通〝常服〞會見張，「常服睟容，不加新飾，垂鬟接黛，雙臉銷紅而已」[32]，鶯未特意修飾，反而，流露出少女自然動人的光彩[33]。

鶯的形象，紅娘形容是「貞慎自保」[34]，她謹慎處理感情的問題。每次與張幽會時，皆有不安的反應；張〝情挑〞鶯，她在〝禮教〞的驅策下，不敢隨便，委婉的，回〝明月三五夜〞一詩，仍戴著〝端服嚴容〞的面具，數落張的無理，提醒張「以禮自持，毋及於亂」[35]，〝禮教〞成為鶯的護身符，之後，就「翻然而逝」[36]，留下驚愕的張，此舉乃鶯的障眼法[37]；若鶯真要責備張，二月十八日不會突然與張幽會[38]，她懷著歉疚與救贖，奔赴一場情欲的歡會，

註32：同註4。
註33：同註29，頁四六。
註34：同註4，頁八二。
註35：同前註，頁八三。
註36：同註4。
註37：湯璧如：《西廂記的故事演變——以鶯鶯傳董西廂王西廂為例》，（私立輔仁大學中國文學研究所碩士論文，民國七十四年五月），頁七十。
註38：同註29，頁六〇。

由於”自獻之羞“，她羞愧又自責[39]。

鶯”自獻“時，張有錯覺，「張生飄飄然，且疑神仙之徒，不謂從人間至矣」[40]，張停留長安期間，直斥鶯是”妖孽“，不惜破壞鶯的名節，但他在靈魂的深處，想重新包裝這個刻骨銘心的戀情[41]。鶯耳聞張的近況時，深明大義的，尚為對方的妻子著想，提出「棄置今何道，當時且自親。還將舊時意，憐取眼前人」[42]；與張的”忍情論“如出一轍，兩人同向”現實“妥協。張的內心亦存在”情“與”禮“的”衝突“。一則，他的教育，教導男子要守禮；當看到美貌的鶯，按耐不住「幾不能持」[43]，作出”非禮“的舉動，如：對紅娘不禮貌、綴授《春詞》、攀樹跳牆（東牆）……。「內秉堅孤，非禮不可入」[44]，是作者的自飾之詞[45]。

註39：同前註，頁六三。
註40：同註4，頁八四。
註41：同註29，頁五七～五九。
註42：同註4，頁八七～八八。
註43：同前註，頁八二。
註44：同註4，頁八一。
註45：安小蘭：《鶯鶯人物心理淺探——兼論鶯鶯形象的文化意義》，（《安徽教育學院學

鶯、張各自婚嫁後，張碰巧經過鶯的住所，他以”外兄“的名義來看她，遭鶯拒絕，張假意，「怨念之誠，動於顏色」[46]，也許，未忘情於她。鶯鶯展現善良的一面，忠告張要”憐取眼前人“，把舊情放在心底，堅決表明斬斷情絲的態度。鶯背叛”禮教“，勇於追求愛情，卻得到懲罰，但她能從創傷裡，重新站起來[47]。

表面上，鶯是”恭貌怡聲“，帶著負罪的心理，徐謂張生曰：「始亂之，終棄之，固其宜矣。愚不敢恨。必也君亂之，君終之，君之惠也」[48]，悲痛的道出：自知會遭始亂終棄，將悲痛傾洩於〈霓裳羽衣曲〉。鶯的性格是內蘊的，如作者所述：「大略崔之出人者，勢必窮極，而貌若不知。言則敏辯，而寡於酬對……」[49]。她有美好的琴藝、文筆，從不輕易示人，這些才能成為失戀時的宣洩[50]。

報》第四期，西元一九九六年），頁四九。

註46：同註4，頁八七。

註47：同註29，頁五一。

註48：同註4，頁八五。

註49：同前註，頁八四。

註50：康韻梅：〈鶯鶯傳〉的情愛世界及其構設，（《文史哲學報》第四十五期，民國八十五

鶯的個性難以捉摸，總有不確定性，在愛情來臨時，易產生動搖、脆弱和猶豫的心理反應，她的”矛盾“，據佛洛依德的看法，她的內心具備”享樂原則“和”現實原則“。佛氏說明人類的性格裡，有不好的因素侵略、也有為好的因素吸引、可能只是短暫的追求快感，三者在激盪下，產生心中的”衝突“；其”人格三部結構“中，”本我“以”享樂原則“（pleasure principle）運作，沒有”現實“的約束，追尋眼前的愉悅。”自我“以”現實原則“（reality principle）為操作基礎，”自我“會用實際可行的方式滿足”本我“的”衝動“，帶來長期的快樂。”超我“是迫使”自我“不只考慮”現實“，還要顧慮”理想“。”超我“是隨著道德、父母的價值觀和文化內化的過程而發展[51]。

張生西去長安，造成兩人必須面對”現實原則“及”享樂原則“的取捨。佛洛依德認為”享樂“是人類心理中趨樂避苦的本質。”現實“是人類在面對現實社會時的掌握。以”現實“取代”享樂“，而不是放棄”享樂“，只是為

年十二月），頁七。

註51：楊景程譯：《心理學》，（臺北・臺灣西書，民國八十九年九月），頁六二二～六二三。

了將來獲取更大的快樂；但鶯未獲得快樂，卻又要控制"享樂"；為了張的前途，忍受痛苦的折磨[52]。

三、《董西廂》主要"人物"——張生、鶯鶯、紅娘

"董解元"著的《董西廂》，不同於〈鶯鶯傳〉的"唐傳奇"，採取戲劇的手法。他寫的張生的個性是多愁善感、衝動，接近劇末，張有點懦弱，致劇情有些許小波折；《董》劇內，張由不熱中"功名"（偶遇鶯鶯後）到主動表達"即將赴試"，為"董解元"本身的想法。在相國夫人"做醮"之前，張與鶯有一面之緣，為了再碰到鶯，立刻亦為其父做"功德"；"法事"的時間末到，思緒就開始折磨著張：

【尾】儻或明日見他時分，把可憎的媚臉兒飽看了一頓，便做受了這恓

註52：劉燕萍：至死不休與溫柔厚——從女性主義看〈霍小玉傳〉和〈鶯鶯傳〉，（《嶺南學院中文系系刊》第三期，西元一九九六年），頁四六。

惶也正本。來日向道場裏，須見得你，越睡不著，只是想著鶯鶯[53]。

【尾】沒一個日頭兒心放閑，沒一個時辰兒不掛念，沒一個夜兒不夢見[54]。

張有兩次的”大踏步走至根前“，顯出張的毛躁。

張遇到挫折時，竟然”自殺“以對。在普救寺遇鶯後，乃「置功名於度外」[55]。對愛情，是絕對的忠貞，他卻在夫人、鄭恒的強行阻攔下，就退縮，萌生退讓之意，「鄭公賢相也，稍蒙見知，吾與其子爭一婦人，似涉非禮」[56]；搖擺與忠貞間易生”矛盾“。張與鶯的幽會，為夫人察覺，經紅娘的開解，夫人暫時答應張、鶯的婚事，張主動云：「今蒙文調，將赴省圍」[57]。夫人於張赴”科考“後，卻在劇末反悔。

”寺警“一節，張有傲慢的表現；孫飛虎兵圍普救寺，強要鶯與丁文雅，

註53：凌景埏校注：古本董解元《西廂記》，（北京・人民，西元一九六二年），頁十九。
註54：同前註。
註55：同註53，頁七十。
註56：同前註，頁一四八。
註57：同註53，頁一二五。

張急中生智，談笑中與法本議論"生死輪迴"，法本以"儒"者應服膺"仁義之教"駁之[58]。張道出：願娶鶯為妻的期望，希望夫人於退敵後，「休卻外人般待我」[59]，夫人只應允「繼子為親」[60]；張解讀為夫人將把鶯許配與他。張面對任何事都會一笑置之；當紅娘建議張"以琴挑之"，他「捧腹而笑」[61]。張不僅如此，對待紅娘也隨便，被紅娘責難後，厚臉皮的唱：「如今待欲去，又關了門戶，不如是兩個權做妻夫」[62]。

劇情趨於"團圓"，是張生的人緣好，與任何人都可以成為朋友，朋友及時伸出援手。董作中，除了夫人、孫飛虎、鄭恒外，還有三位熱心的"人物"。孫飛虎提出欲強娶鶯的無理要求時，張挺身而出，請其舊識鎮壓孫的軍隊；此人「武勇治亂，內懷信義之心，外有威嚴之色。初典郡城，賊盜悉皆去境，再擢邊任，塞馬不敢嘶南。故知武備德脩，人歸軍仰。臨軍常跨雪白馬，

註58：同前註，頁五一。
註59：同註53，頁五二。
註60：同前註，頁五二。
註61：同註53，頁七四。
註62：同前註，頁九三。

人目之曰白馬將軍，姓杜名確」[63]。張有杜確的幫助，如虎添翼。杜確仗義執言，鄭恒羞愧投階而死。另三位朋友為紅娘、法聰、楊巨源，協助張對抗"封建"，使其忠於愛情的形象更加鞏固。

"董解元"運用"夢境"的手法，表達張的一片癡情，董作中，張做兩次"夢"，第一次，張於"西廂"回來後，「勉強棄衣而臥」[64]，"夢"到他與鶯有「並枕之歡」[65]，原來是"合歡夢"。第二次，張赴京趕考，天色已晚，「投宿於村店」[66]，"夢"到鶯與紅娘隨後趕來，為一"南柯夢"。其設計是，鶯完全死心踏地愛著張，《董西廂》的前半部沿襲〈鶯鶯傳〉。董作中的鶯，有思想、臨危不亂、考慮周詳、對夫人必恭必敬，有一小段敘述夫人斥責鶯鶯的唱詞如下：

【尾】道了個萬福傳示了，姿姿媚媚地低聲道：『明日相國夫人待做清

註63：同註53，頁五二。
註64：同前註，頁九四。
註65：同註53，頁九九。
註66：同前註，頁一二九。

醮』。「……數日前夜乘月色潛出，……。失子母之情，立鶯庭下，……鶯泣謝曰，今當改過自新，不必娘自苦苦。然夫人怒色，鶯不敢正視」[67]。

嚴格的家教，鶯鶯忍受極大的壓力，容易有暴躁的脾氣；“琴挑”後，張託紅娘送短箋，紅娘料到，鶯一定會不高興，鶯看到妝臺上的短簡，拿起妝臺擲向紅娘。紅娘的態度，一百八十度大翻轉，要與夫人代表的“封建”勢力相抗衡。對於，鶯的心思，還是摸不透；張抱病赴約（以為鶯欲約會），沒想到，遭鶯責難，張睡不安穩，“夢”到紅娘領鶯來，紅娘還連說：「至矣！至矣！睡何為哉」[68]。十餘日後，張贈〈會真詩〉三十韻與鶯，自此，兩人始幽會。董將其生動的形象呈現在觀眾眼前。

“董解元”將鶯比喻為“觀音”，由張的口中唱出，「莫推辭，休解勸，你道是有人家宅眷，我甚恰纔見水月觀音現」[69]。鶯發現陌生人欲闖入花園，

註67：同註53，頁十八。
註68：同註4，頁八三。
註69：同前註，頁九。

「佳人見生，羞婉而入」[70]，這是正常的反射動作。”做醮“時，由僧眾的誇張反應，知鶯的美麗：

【雪裏梅】諸僧與看人驚晃，瞥見一齊都望。住了念經，罷了隨喜，忘了上香○選甚士農工商，一地裏鬧鬧攘攘。折莫老的、小的、俏的、村的，滿壇裏鬧荒○老和尚也眼狂心痒，小和尚每摟頭縮項。立掙了法堂，九伯了法寶，軟癱了智廣[71]。

”法事“結束，湊巧孫飛虎正在滋擾普救寺，鶯體現果斷、自主的性格，鶯曰：「以相國靈柩為念，鶯鶯乞從亂軍，一身被辱，上救夫人殘年，下解寺災活眾僧之命，願不以女子一身見辱而誤眾人」[72]。孫飛虎搶親時，鶯唱：

【道宮】【解紅】心下徘徊自籌度，只除會聖，一命難逃。尋思到底，

註70：同註4，頁八。

註71：同註53，頁二○。

註72：同前註，頁四八。

多應被他諸勦。我隨強寇，年老婆婆有誰倚靠？添煩惱，地闊天高沒處著。到此怎惜我貞共孝。多被賊人控持了。有些兒事體夫人表。若惜奴一個，有大禍三條。第一我母親難再保。第二諸僧都索命夭。第三把兜率般的伽藍枉火內燒[73]。

紅娘慫恿鶯去園中“聽琴”，“聽琴”後，張以為鶯對己有感，於是，寫短詩給鶯，鶯向紅娘「照臺舉，綬帶飛空，寶鑑響，花塼粉碎」[74]。

董作中，有兩次敘述鶯的細膩心思，她想辦法保全一家及寺院僧眾的安全。宴席後，感覺到張「竊慕於己。心雖匪石，不無一動」[75]。張生一場大病，危及生命，鶯重新檢視自己的行為，做出一個結論，“如顧小行，守小節，誤兄之命，未為德也”。“董解元”筆下的鶯，消極的抗拒“封建”，對鄭恒的進讒，如張的反應一樣，只有想到“自盡”一途。幸好，被紅娘、法聰攔下。

註73：同註53。
註74：同前註，頁八八。
註75：同註53，頁七一。

紅娘的角色，本文將其列為主要"人物"，因她與張、鶯的互動特別頻繁，扮演多種角色。她可愛、機智、敏捷、富正義感、擅於推銷鶯，往來於張與鶯間。還要忍受鶯的壞脾氣，頂撞夫人。進退有禮，言行、舉止有分寸，不隨便接受張的贈禮，張第一次的贈禮，她沒有幫上忙，所以，拒絕了，鶯訝的問：「妾奉夫人懿旨送先生歸館，是何以物見賜，竊先生有意於鶯，不能通慇勤，欲因妾以敘意」[76]，張讚美紅娘曰：「慧哉！紅娘之問」[77]。「竟不受金，忿然奔去」[78]。自從夫人毀婚（這是張生、紅娘的理解），紅娘不滿意夫人，唱出：「老夫人做事搊搜相，做個老夫人說謊」[79]。紅娘看到張有一張囊琴，靈機一動，獻一策；紅娘不忍鶯、張受相思的煎熬，主動傳達鶯的音訊與張，張大膽的托"情詩"，大膽行徑使鶯大發雷霆。張亦對紅娘推心置腹，「當初遭難，與俺成親事，及至如今放二四，把如合下休許，咱家你恁地，我離了他家門便是」[80]。第二次贈金釵，紅娘接受了，這次相贈的意義與前次不

註76：同前註，頁七二。
註77：同註53。
註78：同前註。
註79：同註53，頁七三。
註80：同前註，頁七四。

同。張、鶯的私會，紅娘演活”守門“的任務，被夫人看出異樣，決定要為張、鶯伸張正義，不客氣的指摘夫人的不是，她在【尾】調唱出：

【尾】『一雙兒心意兩相投，夫人白甚閑疙皺？休疙皺，常言道「女大不中留」』。

「當日亂軍屯寺，夫人小娘子，皆欲就死。張生與先相無舊，非慕鶯之顏色，欲謀親禮。豈肯區區陳退軍之策，使夫人小娘子得有今日，事成之後，夫人以兄妹之繼，非生本心，以此成疾，幾至不起。鶯不守義而忘恩，每侍湯藥，愿兄安慰。夫人聰明者，更夜約女，潛見鰥男，何必研問，自非禮也。夫人罪妾，夫人安得無咎，失治家之道，外不能報生之恩，內不能蔽鶯之醜，取笑於親戚，取謗於他人」[81]。

《董》劇歌頌鶯、張的叛逆，鶯為情勢所逼，在劇末，挑戰”封建“，勇敢的追求自己的幸福；此劇通過”人物“的描寫，反映作者反對”封建“。董

註[81]：同註53，頁一二一。

作中，編排的夫人和鄭恒，是作者的創新與安插；惟一不合理的是，鄭恒在劇尾出來搗亂，作為夫人的姪子，他相信，夫人一定會信以為真。熱心的紅娘、法聰促成"私奔"之舉。

第叁節　次要"人物"形象

一、〈鶯鶯傳〉次要"人物"——夫人、紅娘

〈鶯鶯傳〉未交代鶯是否已訂親，可知夫人不會任意將女兒嫁出。夫人雖然擁有丈夫留下的遺產，然而，她無力保護全家的安危；寄住普救寺時，巧遇兵亂，幸虧，張生仗義，崔家方免於難。當時，張還不認識鶯，故解救寺廟，沒有鶯的因素在內（"董解元"的構思是，在危機前，讓張偶見鶯）。夫人感念張的救命之恩，令子女相見；其形象是，極力維護"封建禮教"。夫人純粹的介紹鶯與張認識，沒有想到張會喜歡鶯，〈鶯鶯傳〉未描寫夫人憤怒於鶯、張的幽會。張為崔家解除危機，夫人在宴會上對張說道：

「姨之孤嫠未亡，提攜幼稚。不幸屬師徒大潰，實不保其身，弱子幼女，猶君之生，豈可比常恩哉！今俾以仁兄禮奉見，冀所以報恩也。命其子歡郎：可十餘歲，容甚溫美。次命女：『出拜爾兄，爾兄活爾。』久之，辭疾。鄭怒曰：『張兄保爾之命。不然爾且虜矣。能復遠嫌乎？』久之，乃至。……因坐鄭旁：以鄭之抑而見也，凝睇怨絕，若不勝其體者」[82]。

張欲透過紅娘傳達對鶯鶯的好感，她不知所措的躲開，「腆然而奔」[83]，這裡用"奔"，表示紅娘很緊張。紅娘有察覺到張的心思，反問張：何不從正當的管道。紅娘道出鶯：小心的處理感情問題、鶯的才能，另獻計"貞慎自保"、"善屬文"，君可以"情詩以亂之"。張生無可奈何，「張生常詰鄭氏之情，則曰：『我不可奈何矣，因欲就成之。』無何，張生將之長安」[84]。聖嘆評《王西

註82：同註4，頁八二。
註83：同前註，頁八二。
註84：同註4，頁八四。

廂》時曰：「〈會真記〉中知不可奈何，是老夫人知情縱之也」[85]。李紳〈鶯鶯歌〉云：

「……黃姑上天阿母在，寂寞霜姿素蓮質……河橋上將亡官軍，虎旗長戟交壘門……嗚嗚阿母啼向天，窗中抱女投金鈿。……潛嘆恓惶阿母心，為求白馬將軍力。……阿母深居雞犬安，八珍玉食邀郎餐，千言萬語對生意，小女初笄為妹妹」。

毛滂〈調笑轉踏・鶯鶯〉云：「春風戶外花蕭蕭，綠窗繡屏阿母嬌」。〈鶯鶯歌〉、〈調笑轉踏・鶯鶯〉中，夫人為一位急於保護子女的慈母，〈鶯鶯歌〉尚提及兵亂，和夫人宴張之事。《董西廂》裡的夫人，有不少的創新。

註85：金聖歎（清）：《第六才子西廂記》卷七，（臺北・文光，民國六十三年五月），頁五。

二、《董西廂》次要“人物”——夫人、法聰、杜確、孫飛虎、鄭恒

夫人的治家，非常嚴謹，紅娘強調「夫人治家嚴謹，朝野知也」[86]；對鶯的管教，尤其嚴格，鶯偷偷出門，夫人生氣的說：「爾為女子，容豔不常，更夜出庭，月色如畫，使小僧、游客得見其面，豈不自恥」[87]。在危難時，體現母愛的光輝。為了保全崔氏一家，暫時答應張，她表現女主人應有的禮節，感激張的恩惠，設宴款待，並喚子女面見救命恩人。夫人的個性易受人左右。

“寺警”時，鶯決定從賊，夫人哭著說：「母體至愛，母情至親，汝若從賊，我生何益。吾今六十，死不為夭，所痛鶯鶯幼年，未得從夫，孤亡蕭寺」[88]。夫人嚴格的管教鶯，仍擋不住鶯、張的約會，夫人發怒，但在聽紅娘的一番話後，心平氣和的稱讚，“賢哉！紅娘之論”，認為，說得有理，又不放棄自己的判斷，她把鶯的失德推給張。張於及第後未歸，聽信鄭恒之言，以為，張攀附“衛”家，“陰許恒”擇日成婚。法聰的分量與夫人相當，他幫助張擺脫傳統的桎梏，當張為情所困時，從旁開導，不堅持己見，有俠義的風範，賊兵圍寺時，

註86：同註53，頁十八。
註87：同前註。
註88：同註53，頁四九。

率領眾僧迎敵，英勇抵抗孫飛虎，極力的維護普救寺、法聰的形象是熱心助人、有見識、有謀略；為次要”人物“中的靈魂人物，他向張說出：夫人的嚴厲持家，杜確的權勢亦由法聰提醒張。

當夫人答應婚事後，張缺乏聘金，剛當上司庫的法聰賒”貸“他，「常住錢不敢私貸，貧僧積下幾文起坐，盡數分付足下。勿以寡見阻，取足五十索」[89]。夫人堅持己見，令鶯、張走投無路，法聰為其指引迷津。法聰嫉惡如仇，唱到：「把忘恩的老婆梟了首級，把反間的畜生教屍粉粹，把百媚的鶯鶯分付與你」[90]。假如說夫人是鶯、張結合的間接促成者，那麼法聰就是直接促成者。張廷試後，未歸，夫人將鶯改配鄭恒，鶯、張兩人不知如何是好，決定殉情，法聰義無反顧的幫忙他倆，建議找杜確。鶯鶯和夫人的情緒深不可測，生性善良的張，一再上當，先是鶯拘泥於小節小行，後是夫人的反覆，最後，總有”貴人“相助，法聰、杜確及時支援張。

杜確不是新創造的”人物“，而是延續〈鶯鶯傳〉，他與張世代友好。在《董西廂》裡，”董解元“安排他出現兩次，一次在”寺警“時，一次在劇

註89：同前註，頁一二四。

註90：同註53，頁一五九。

末。沒有杜確這個朋友，張不會得意忘形的大笑。激得法本以"仁義"反駁張。杜確的威武，不僅，使賊軍喪膽，【越調・尾】後獨白：「賊眾沒精神，飛虎挫銳氣」[91]；尚讓鄭恒屈服。杜確對朋友有義，對國家有功，對蒲民有恩，清廉愛民，政績斐然，為百姓心目中的活菩薩。

《董》劇的孫飛虎成為率兵叛變的賊首，禍及普救寺，得知"有鶯者，艷絕一時"；"董解元"創作的孫飛虎，他衝動、勇猛、雄壯粗暴，沒有耐心，令戰鬥的場面，瀰漫著緊張的氣氛。〈鶯鶯傳〉內，僅陳述丁文雅不善御軍，部屬叛亂，在蒲州滋事，未言何者領軍。作者利用孫飛虎的判亂，讓張趁此機會而有所表現，卻激出他的缺點。

若"恒約在先"，照理說，鄭恒應該要耐心的在普救寺等待鶯"除孝"，作者編排恒在劇尾現身，又醜化恒，不但，有醜陋的外表，【中呂調・牧羊關】唱到：「向日頭兒般眼，吃虱子猴猻兒般臉」[92]，心地也極端的惡劣，倚仗權勢，設計騙婚，造成鶯、張面臨分離的危機。杜確責恒敗壞風俗，終使恒羞愧認罪。張的猶豫性格，碰到恒與他爭鶯，他有點退縮，卷八的劇情有一個小轉

註91：同前註，頁六二。
註92：同註53，頁一四八。

折，觀眾擔心鶯、張不能結合，雖然只是暫時的波瀾，觀眾的心情仍七上八下的。

第伍章　結論

第壹節　〈鶯鶯傳〉、《董西廂》的研究成果

一、〈鶯鶯傳〉的研究成果

古添洪於西元一九七五年，在《中外文學》三期四卷，發表一篇〈唐傳奇的結構分析——以契約為定位的結構主義的應用〉為題的論文，就〈虯髯客傳〉、〈東城老父傳〉、〈南柯太守傳〉、〈鶯鶯傳〉、〈柳毅傳〉等五篇"唐傳奇"或稱"小說"，將故事中的"人物"以"訂定契約的履行或毀約"進行結構分析。

"唐傳奇"繼承和發揚史傳文學寫實的傳統，如：《史記》；汲取神話、志怪"小說"的浪漫精神，使得"傳奇"在創作方法上有很大的進展。古代雖沒有"現實"、自然、浪漫的主義的概念，但遠在《詩經》、《楚辭》的年

代，詩人們就已運用浪漫的色彩[1]；民國七十四年，輔仁大學俞炳甲的《唐代小說的寫作技巧研究》，將〈鶯鶯傳〉、〈霍小玉傳〉歸屬"現實"主義的作品；於"小說"的構造外兼備諸文體，陳寅恪曾根據《雲麓漫鈔》中所說的"文備眾體，可見史才、詩筆、議論"，解釋某些作品呈現的情況。他認為元稹的〈鶯鶯傳〉、李紳的〈鶯鶯歌〉、陳鴻的〈長恨傳〉和白居易的〈長恨歌〉裡的"傳"和"歌"是不同的人所作，視為同一體裁。張生的"忍情論"，為唐人"小說"結構的特點，於文章中，插入主人公的議論[2]。

俞炳甲認為"唐傳奇"的敘述方式，無論是採"正敘法"或是"倒敘法"，其目的在引起讀者的注意，因此，在作品的開端，必須用最簡要、生動的文字，使讀者融入虛構的世界。時間順序和情節順序同時進行的編排，多承襲前代史傳體的舊習，從何人、何時、何地開始。史傳文學反映故事的真實感，讀者迅速為故事的內容所吸引，仍然會給人呆板陳舊的印象。唐人"傳奇"的結尾，由於，受史傳文學和"溫卷"的影響，不少"傳"的敘述，交代

註1：吳志達：《唐人傳奇》，（臺北：木鐸，民國七十二年九月），頁一二一。

註2：俞炳甲：《唐代小說的寫作技巧研究》，（私立輔仁大學研究所碩士論文，民國七十四年五月），頁一五八。

故事的根源，加入議論，有時成為結構上的敗筆。像：張藉”忍情“、”尤物“的議論為自己辯護；作者寫道：「時人多許張為善補過者。予嘗於朋會之中，往往及此意者，夫使知者不為，為之者不惑」[3]。張的虛偽和薄行，經過時間的考驗，還是為世人所唾棄。

日學者內山知也亦於一九九二年發表〈鶯鶯傳〉的結構和它的主題，其焦點在否定張就是元稹替身的傳統說法；作者的第一個思維是：赴試的考生，必集中精神準備，但年輕人禁不住外界的誘惑；〈鶯鶯傳〉內，元稹將張生的狀況寫得很細膩，未必是元稹的行為；第二個思維是：”好色論和自獻的矛盾“，作者分析張生引用的《登徒子好色賦》和鶯鶯的”自獻“，用精神分析學分析兩人的心理變化；第三個思維是：”過失和補過“，張接受”自獻“，又要離棄她，張忙為自己辯護[4]。內山知也的另一篇〈中唐期小說的虛構問題〉認為，”唐傳奇“的虛構技巧應用廣[5]。

註[3]：同前註：頁一八九～一九〇。

註[4]：內山知也（日）：《鶯鶯傳》的結構和它的主題，《唐代文學研究》，（廣西師範大學，西元一九九〇年），頁五九五。

註[5]：內山知也（日）：〈中唐期小說的虛構問題〉，《第一屆國際唐代學術會議論文集》，（臺北．中華民國唐代研究學者聯誼會，西元一九八九年），頁一三三。

著名詩人元縝《酬翰林白學士代書一百韻》有「翰墨題名盡，光陰聽話移」，並註云：「樂天每與予游，從無不書名屋壁，又嘗於新昌宅聽《一枝花話》，自寅至巳，猶未畢詞也」。”自寅至巳，猶未畢詞“，大約故事長且精彩，說明百姓喜歡來自民間的”說話“活動，內容可能有些為虛構[6]。〈鶯鶯傳〉在未成”傳“前，已經在鄉里間流傳。故在〈鶯鶯傳〉的末段寫著：「積特與張厚，因徵其詞……，貞元歲九月，執事李公垂宿於予靖安里第，語及於是，公垂卓然稱異，遂為鶯鶯歌，以傳之。……」”說話人“是主人公張生，為虛構的”人物“[7]。

一九九四年姚力芸的《西廂之戀——才子佳人文學的典範》，以”情禮對立“的觀點看待〈鶯鶯傳〉，揭示”封建“社會裡，自由戀愛與”禮教“的”矛盾“。分別從鶯鶯和張生的角度分析其”矛盾“。鶯不能自由的處理自己的感情，在她內心，產生悔恨、憂鬱的反應，表現在外在的行為是無言的抗議，莫名的疑懼跟隨著來。姚氏認為在傳統的觀念裡，男女就不應該私往，張

註6：王枝忠：《古典小學考論》，（寧夏・人民，西元一九九二年十一月），頁九一。

註7：同註5，頁一三五。

遺棄她，也可以說得過去[8]。

二、《董西廂》的研究成果

柳無忌的〈與王西廂合稱雙璧的董解元西廂記〉，自介紹"諸宮調"的歷史背景進入，說明金朝流行的"諸宮調"源於"唐傳奇"、鶯鶯的性格轉變、《董西廂》的版本問題，特別強調這部《西廂記諸宮調》和唐"變文"，無直接的關係，但有間接的關係。柳氏假設"董解元"創作這部《西廂記諸宮調》，同時也是"說唱"者，如果是一人"說唱"，限制"諸宮調"的進展；柳文不贊同"諸宮調"為一人搊彈唸唱。在故事佈局方面，佈置懸疑的情節，"說話人"的誇張表現，激起觀眾的情緒[9]。

民國七十四年，湯璧如的《西廂記的故事演變——以鶯鶯傳董西廂王西廂為例》論及"西廂"故事裡三部作品之體裁，〈鶯鶯傳〉含簡明的情節，"諸

註[8]：姚力芸：《西廂之戀——才子佳人文學的典範》，（山西・教育，西元一九九四年四月），頁五八～七〇。

註[9]：柳無忌：〈與王西廂合稱雙璧的董解元西廂記〉，（《幼獅學誌》第十四卷第三、四期，民國六十六年十二月），頁三～五三。

宮調”有特殊的體裁和性質，它重在“人物”的鉅細靡遺之刻劃。湯氏就“諸宮調”適用的場景與特別的敘述方式探析；“講唱”有兩派說法，一派以為搊彈、念、唱統屬一人；另一派以為當是數人遞唱[10]。

研究《王西廂》者，往往從戲劇的角度，批評《董西廂》的情節、“人物”的安排不合理，藉此抬高《王西廂》的成就與價值。近年發表的論文偏重《董西廂》的體制，楊淑娟於七十八年發表的《董解元西廂記研究》，兼顧體裁與內容，從“說唱”文學的角度，探討作品的精髓所在，並論及《董西廂》的影響[11]。

八十五年，沈杏霜的《西廂記諸宮調的說唱及創作技巧》，其特色在，參佐金朝的史料、述及金朝的社會習俗、文化、各式娛樂表演、戲劇演出的雜記與理論資料；以便更了解“董解元”，他以金人的身分，卻能將“唐詩”、“宋詞”等，與純熟的“諸宮調”音樂結合在一起。藉由文學背景的呈現，可

註10：湯璧如：《西廂記的故事演變——以鶯鶯傳董西廂王西廂為例》，（私立輔仁大學中國文學研究所碩士論文，民國七十四年五月），頁三四三～三四八。

註11：楊淑娟：《董解元西廂記研究》緒論，（私立東吳大學中國文學研究所碩士論文，民國七十八年五月），頁一～二。

以推知，宋文化的大量移入，金人的文化迅速提昇。沈作對作品的情節設計，以《王西廂》的情節與《董西廂》作比較，明顯而真實的展現《西廂記諸宮調》的特殊之處[12]。

〈鶯鶯傳〉的主角為張生，《董西廂》的主角為鶯鶯，《董西廂》匠心獨運於"人物"的描寫。一九九六年，丁富生的〈漫談以觀音比鶯鶯〉發表於《南通師專學報》，以"觀音"喻鶯鶯，歷代的"西廂"故事，均如法炮製。在早期，"觀音"的造像皆為男性；南北朝後期，才出現女性的造像，女像"觀音"的盛行則在唐代以後[13]。

一九九八年，韓國學者李禾以《董西廂》的敘述藝術為題，發表於《山東大學學報》，《董西廂》的敘事、代言之方式受矚目，"董解元"擅用"說話人"的技巧，靈巧的轉換敘事視角，敘事方式第一為：作者往往暫時中斷敘述，表達他對事件或"人物"的態度；第二為：作者往往在故事將要發生轉折

註12：沈杏霜：《西廂記諸宮調的說唱及創作技巧》序，（私立逢甲大學中國文學研究所碩士論文，民國八十五年六月），頁一～二。

註13：丁富生：〈漫談以觀音比鶯鶯〉，（《南通師專學報》第十二卷第四期，西元一九九六年十二月），頁十九～二〇。

前，暫時中斷而作些說明，以引起聽眾對故事發展的注意。董作注意情感有落差，既要維持故事的高潮，又創造低潮[14]。

一九九〇年，張炳森以《西廂記諸宮調》難詞商解為題，發表於《河北師範大學學報》，舉：“惺惺”、“二四”、“團剎”、“伽伽”、“頑羊角靶”、“鶻無量”、“鄧虜淪敦”、“針喇”、“羨覷”、“口啜”、“潑忏”、“骨脹”等為例[15]。二〇〇二年，朱鴻以簡說《西廂記諸宮調》為題，發表於《齊齊哈爾大學學報》，提及《董西廂》結合敘述、抒情、寫景，充滿詩情畫意的唱詞。如：卷六“小亭送別”，“董解元”用四“套曲”來抒寫這個場面，其中，有暮春的景色之描繪[16]。

註14：李禾（韓國）：《董西廂》的敘事藝術，（《山東大學學報》哲社版第二期，西元一九九八年），頁三八～四〇。

註15：張炳森：《西廂記諸宮調》難詞商解，（《河北師範大學學報》社會科學版第二十二卷第二期，西元一九九九年四月），頁八八。

註16：朱鴻：細說《西廂記諸宮調》，（《齊齊哈爾大學學報》哲學社會科學版，西元二〇〇二年一月），頁九五～九六。

第貳節 〈鶯鶯傳〉、《董西廂》對後世的影響

一、《西廂記》“雜劇”

日學者吉川幸次郎在他的《元雜劇研究》一書的〈自序〉中說：「我相信文學是一種社會性的存在，因此想瞭解一個時代的文學特質，必須先考慮到產生這種文學的社會背景」[17]。“元雜劇”的產生，是由於蒙古人建立一個橫跨歐亞的大帝國，創造中國的商業空前之繁榮。

貴族官吏的生活極侈，商人往來頻繁，娛樂場所便興隆起來，以“戲曲”來取悅觀眾，劇本的需求大量的增加，不得志或日與“倡優”為伍的失意文人得以一展長才，藉此編寫劇本的機會，諷刺社會的不平等。促使“元雜劇”的發展，一個重要的原因是，實行已久的“科舉”，在元代遭受廢除的命運。蒙古人以遊牧民族而入主中原，輕視“儒”生，鄭思肖在《大義略敘》中說：「韃法：一官、二吏、三僧、四道、五醫、六工、七獵、八民、九儒、十丐，

註17：吉川幸次郎（日本）：《元雜劇研究》原序，（臺北，藝文，民國七十年二月），頁四。

各有統轄」[18]。蒙古人將"儒"者的地位置於"民"、"丐"之間。適逢"元雜劇"興起，這種文體既可抒情寫怨，又有娛樂的作用，文士們於是將精力轉移於戲劇的創作[19]。"元雜劇"有可能一部分沿襲宋"雜劇"、金"院本"。陳誠中引劉大杰對"雜劇"、"戲曲"的說明：

「雜劇也是起於民間的。加以戲曲是民眾娛樂的藝術，與民眾發生更密切的關係，在元人沒有占領以前，完全是民眾創作民眾欣賞的一種東西」。

劉氏又說：

「元劇起於教坊行院的伶人樂師，以及和他們合作的無名編劇者，革新改良舊劇而成，最早的雜劇，都是些無名氏的作品，那些作品是很幼稚的，所以都不傳了。等到文人出來為教坊行院寫劇時，才展開戲劇史上

註18：鄭思肖：《鄭思肖集》，（上海・古籍，西元一九九一年五月），頁一八六。

註19：陳誠中：《元雜劇研究》，（花蓮・東部，民國六十七年五月），頁三。

的黃金時代」。

故元代是〝雜劇〞的全盛時期，作家最多，作品最豐[20]。宋之〝雜劇〞是真的〝雜〞劇[21]，當中，含滑稽戲、正〝雜劇〞、〝艷段〞、〝雜班〞；所用之曲，有〝大曲〞、〝法曲〞、〝諸宮調〞、〝宋詞〞，其名、實頗異。〝大曲〞之為物，遍數雖多，但前後為一曲，次序不容顛倒，字句不容增減，格律至嚴。〝元雜劇〞取四〝折〞或五〝折〞，每〝折〞一個〝宮調〞，每〝宮調〞內之曲，必在十曲以上，較〝大曲〞為自由[22]。

蔣星煜認為《西廂記》受〝南戲〞的影響[23]；〝南戲〞是宋室南渡後，流行於江南、浙東沿海的〝溫州雜劇〞，吸取宋〝雜劇〞、金〝院本〞的養分。宋的〝南戲〞劇目計三十四種，僅存的片斷〝曲〞文，像：〈張協斬貧女〉、〈王魁負桂英〉、〈孟姜女送寒衣〉、〈趙氏孤兒報冤記〉、〈雷轟荐福

註20：同註19，頁六。

註21：楊家駱：《中國俗文學》，（臺北・世界，民國八十四年十月），頁五四。

註22：王國維：《宋元戲曲史》，（上海書店，西元一九八九年十月），頁七九。

註23：蔣星煜：《明刊本西廂記研究》，（北京・中國戲劇，西元一九八二年七月），頁二五八～二六九。

碑〉、〈趙貞女蔡二郎〉七種，全劇幸得流傳的，惟〈張協狀元〉一本可考。這些作品為《王西廂》以後的故事提供悲劇的題材[24]。

《西廂記》"雜劇"是元代的不朽名著，有人主張《王西廂》是由王實甫、關漢卿完成，據明初的《太和正音譜》："雜劇"的創始者為關漢卿[25]。元朝，鍾嗣成的《錄鬼簿》是現存最早紀錄"元曲"作家的資料，他在王實甫的名下注有《崔鶯鶯待月西廂記》"雜劇"，已明白的指出作者為王實甫；蔣星煜〈王實甫年代新探〉一文，對戴不凡的看法發表他的意見，因王實甫不像白樸一樣，在金朝，有具體的官職和政治活動。稱王實甫為元人較宜。明"嘉靖"以後，王世貞等人所倡導的"王作關續"說興起。霍松林確認《西廂記》的作者為王實甫，還列舉"王作關續"說不能成立的幾點理由：第一、此說出現很晚；第二、關漢卿出生的年代比王實甫的年代早一些；第三、關漢卿是傑出的劇作家，不能說後一"本"比較差；第四、後一"本"的情節，出自《董西廂》；第五、後一"本"雖不及前四"本"精采，其藝術風格和前四"本"

註24：楊建文：《中國古典悲劇史》，（湖北・武漢，西元一九九四年四月），頁一四九～一五三。
註25：同註21，頁五五。

一致[26]。明"隆、萬"以前的刻本皆稱關作；不列名，然序語悉歸漢卿。海陽黃嘉惠於"嘉、隆"後刻《董西廂》亦云：「梨園不復知有關漢卿，奚問漢卿所從出」；引"竹索纜浮橋"等語為關鍵句[27]。後人蔣星煜寫一篇〈西廂記作者考——西廂記作者關王二說辨析之再辨析〉，認為關漢卿作，無有力的證據[28]；但張羽《古本董解元西廂記》序云：「迨元關漢卿、王實甫諸名家者，莫不宗焉」，又云：「關氏春秋，世所故有，余既校而刻之矣」。"關作王續"的說法更不可考，曾經有明人在《雍熙樂府》詠"西廂曲"，其【滿庭芳】有云：「多才漢卿，廣收故事，洞曉新聲。移宮換羽真堪聽，義理兼明。一句句，包含著媚景，一篇篇，醞釀出深情。無疵病，不俗易省，萬載播芳名」另云：「聰明實甫，胸藏錦繡，口吐璣珠。清新樂府真無數，厭盡其餘。翻騰就，尤雲殢雨，顯豁出，

註26：霍松林：《西廂述評》，（陝西・人民，西元一九八二年五月），頁四四～四五；寧宗一、陸林、田桂民：《元雜劇研究概述》，（天津・教育，西元一九八七年十二月），頁一八二。

註27：陳慶煌：《西廂記考述》上，（臺北・中華學苑，民國六十八年三月），頁一四九。

註28：林宗毅：《西廂記》二論，（臺北・文史哲，民國八十七年十二月），頁四。

寄柬傳書，多佳趣，超今越古，堪與後人述」[29]。其次，從趙景深〈西廂記作者問題辨正〉一文，尚有「退翁主張關漢卿作，王實甫僅補《圍棋》一折」[30]。

馬玉銘的〈西廂記第五本關續說辨妄〉對於作者問題作個總結：

「歷來對於西廂記作者的問題，有幾種不同的傳說。有的說是王實甫做的，有的說是關漢卿做的，有的說是王實甫做關漢卿續的，有的說是關漢卿做王實甫續的。張生鶯鶯那樣狂熱的，風雅有趣的戀愛故事，其感動人的力量，自然更大。關漢卿王實甫都是元代戲劇大家，二人都以善於描寫男女心理著名。那麼，王實甫既然對於這個故事，有了吟詠，難保關漢卿也不是沒有的。故明清人對於關漢卿曾經做過西廂記的一說謠傳頗盛，並非無因。這個疑問，我承認也有相當理由。然而我們要問，漢卿實甫二人都曾經做過拜月亭的劇本，錄鬼簿、太和正音譜都把他們載錄起來；若果漢卿做過西廂記，為什麼錄鬼簿、太和正音譜偏錄王實甫的西廂記，而不著錄他的西廂記呢？這個地方，恐怕誰都不能解答

註29：同註27，頁一五一。
註30：同註28，頁五。

了。……金聖嘆批評道：『此續西廂記四篇，不知出何人之手。聖嘆本不欲更錄，特恐海邊逐臭之夫……』」[31]。

《王西廂》流傳甚久，王氏認為《董西廂》應更動的部分為：1.結構；2.情節；3.”人物“。《王》劇增加連貫的情節，可使前後呼應，刪除《董西廂》的”突兀“劇情，省去孫飛虎為求一飯一節，他直接的目的就是強娶鶯鶯；刪去法聰與孫飛虎一戰，簡化杜確與孫飛虎的戰役，沒有”夢境“的運用；無夫人、鶯鶯探病的一幕。[32]；另外，與《董西廂》相異之處是，《王》劇把鄭恒編在劇首，崔夫人”喚鄭恒來相扶回博陵去“（楔子），《董西廂》裡，故事快結束時，鄭恒才出現，恒的身分無跡可循。張生助普救寺平兵亂後，兩個《西廂記》的張有不同的際遇，《王西廂》中的張，被夫人請入家內書房安歇（張人和集評本第二本第三折），《董西廂》內的張，一直宿於法本安排的書

註31：譚正璧：《元曲六大家評傳》，（上海・文藝，西元一九五五年十月），頁一〇六～一〇七。

註32：蔣星煜：《西廂記》的文獻學研究，（上海・古籍，西元一九九七年十一月），頁五八七。

齋中。

《王西廂》的”人物“有兩面，他（或她）必須遵守社會（或家庭）的規範，但”人物“的本身，又有自己的個性[33]；最有光彩的”人物“當屬紅娘，鶯、張反而成為配角，紅娘擅察言觀色。鶯讓紅娘去探視張生的病情，她想到，”咱們一家若非張生，怎存俺一家兒性命“，稱讚張，”一封書到便興師，顯得文章有用，足見天地無私“，埋怨夫人”失信“（第三”本“第一”折“【混江龍】）[34]，使得鶯、張”兩下里都一樣害相思“。透過生動的描寫，突顯紅娘的古道熱腸[35]，紅娘為什麼不去取悅”封建“的家長而甘冒風險促成鶯、張的好事，《王西廂》揭示紅娘的正義感，其第二”本“第三”折“，”街上好賤柴，燒你個傻角。你休慌，妾當與君謀之“。《董》劇給紅娘的形象是敢對抗不公平，鄭恒的謊言，讓鶯心緒不寧，紅娘在勸慰鶯後，便不復用墨，而《王西廂》以較多的篇幅描寫紅娘與恒的互動。

註33：周天：《西廂記分析》，（上海‧古典文學，西元一九五六年十一月），頁三九。

註34：王實甫、王季思：《西廂記》，（臺北‧里仁，民國八十九年九月），頁一〇二。

註35：劉銀光：談《西廂記》的成書過程兼及文學史上的借鑒現象，（《臨沂師專學報》第十九卷第一期，西元一九九七年二月），頁五八。

戴不凡探討《王西廂》深化《董西廂》對反”封建“的主題，他認為《董西廂》內的夫人，沒有派紅娘對鶯行監坐守、沒有賴婚、沒有逼試。在《王西廂》裡的夫人，強烈的不同意鶯、張的結合，還用直接的行動干擾。此外，戴氏認為《王西廂》的鶯、張有不同於以往之”形象“表現。《董西廂》中，是”君子“與”淑女“的愛情，在別人面前要裝作十分守禮的樣子。《王西廂》裡的鶯，更有勇氣和夫人的論調相左[36]；在〈拷紅〉後，夫人令張生：「得官呵，來見我：駁落呵，休來見我」[37]。鶯卻道：「張生，此一行得官不得官，疾便回來」[38]。學者們不盡然皆讚賞《王西廂》，清學者焦循、梁廷枏分別就《王西廂》不如《董西廂》之處加以說明：

「詞旨載：『西廂警策不下百十條，如”竹索纜浮橋“、”檀口搵香腮“等語，不知皆撰自董解元西廂，”竹索“上有”寸金“二字，”檀

註36：葉景林：〈社會期待與”西廂“流變〉，（《錦州師範學報》哲學社會科學版第四期，西元一九九八年），頁十三。

註37：同註34，頁一五五。

註38：同前註，頁一六四。

口”句則曰『檀口微微笑，吐丁香，舌被郎輕嚙，卻更增人劣。』較漢卿奇麗精采十倍，見黃嘉惠董解元西廂記則云：『曉來誰染霜林醉，總是離人淚。』“淚”與“霜林”，不及血字貫矣。又董云：『且休上馬，若無多淚與君垂，此條情緒你爭知。王云：『閣淚汪汪不敢垂，恐怕人知。』」（以下略）」[39]。

梁廷枏認為王實甫的作品，雖以《董西廂》為藍本，但「未免瑜瑕不掩，不如解元之玉璧全完也」[40]。“西廂”故事左右地方的“戲曲”、“小說”、“說唱”、“雜劇”等。元、明以來，有人稱《西廂記》為《小春秋》或《崔氏春秋》，它在觀眾心中的地位比孔子的《春秋》或左丘明的《左氏春秋》要大得多。及於外國文學，且有法、英、德、日等譯本。《王西廂》的源流仍是元稹的〈鶯鶯傳〉[41]。

註39：焦循（清）：《劇說》，（上海・古典文學，西元一九五七年三月），頁一〇；牧惠：《西廂六論》引言，（廣西師範大學，西元一九九六年一月），頁五～六。

註40：梁廷枏（清）：《曲話》卷五，（民國十四年石印本），頁六。

註41：王實甫、張人和：《集評校注西廂記》序，（上海・古籍，西元一九八七年四月），頁七；叢靜文：《元代戀愛劇十種技巧研究》，（臺北・商務，民國六十七年十一月），頁

二、悲劇的再出發

中國的"戲曲"，不乏扣人心弦的劇目，很少"戲曲"用美學的型態分類，像：悲劇的美學、喜劇的美學。直到民初，王國維將西方戲劇分類之觀念引用於中國，王氏的《宋元戲曲考》載：「明以後，傳奇無非喜劇；而元則有悲劇在其中」，又云：「竇娥冤、趙氏孤兒，即列之於世界大悲劇中，亦無愧色」。王氏擊破外國人稱中國古代沒有悲劇的斷言。中國曲論家第一次認定「如果將戲劇依照某種文類方式來分析，中國也可以有悲劇與喜劇」[42]。王季思更於《中國十大古典悲劇集・前言》指出中國悲劇的結構特點，「悲喜相間、相反相成，使劇情在對比變化中前進，是古代悲劇作者的一條成功的經驗」；他亦強調：中國古典悲劇的結構是完整而富有變化的[43]。

中國古代的悲劇為"苦戲"；文人稱它們為哀曲、怨譜，悲劇這一名詞要到晚清、民初才出現。中國的悲劇源自周代的樂舞，樂舞是敬神、祭祖和歌功

註42：羅麗容：〈中國「悲劇理論研究」之回顧與前瞻〉，（《古典文學》第十三集，民國八十四年九月），頁二八九～二九一。

註43：同前註，頁二四五。

二九。

的綜合呈現。樂分雅、頌，舞有大舞、象等目。孔子時，樂舞的情感表現，限於"樂而不淫、哀而不傷"和"未能事人，焉能事鬼"的程度。《論語》和《史記・孔子世家》記述孔子不滿國君悅伎樂，"優施"因取悅國君，有不幸的下場，《穀梁傳・定公十年》載：春秋時，「齊人使優施舞於魯君之幕下。孔子曰：『笑君者罪當死！』使司馬行法焉。首足異門而出」[44]。

北齊時期，民間的歌舞劇《踏搖娘》，原始性很強，情節簡單粗略，"人物"少，演出形式是自唱自舞。"踏搖娘"銜悲向鄰里訴說丈夫的"家暴"，且步且歌[45]，聲聲訴冤情，表達出"人物"內心的痛楚。這齣民間小戲，雖在蘇齙鼻出場時，引發滑稽的氣氛，但總體還是"苦戲"；調笑、詼諧和滑稽中透著一股悽楚哀傷[46]。

唐"優諫"變為激烈悲愴。《新唐書》卷一九一載武后時，「有誣皇嗣異謀者，武后詔來俊臣問狀。左右畏慘楚，欲引服。金藏大呼曰：『公不信我

註44：謝柏梁：《中國悲劇史綱》，（上海・學林，西元一九九三年十二月），頁十一～十三。

註45：王國維：《宋元戲曲考》，（海寧王氏校印），頁五。

註46：王宏維：《安定與抗爭》——中國古典悲劇及悲劇精神，（北京：生活・讀書・新知三聯書店，西元一九九六年四月），頁四。

言，請剖心，以明皇嗣不反也！』引佩刀自剚腹中，腸出被地，眩而仆」。”倡優“的戲謔對象擴大為戲謔官吏，這便是流行於唐代的”參軍“戲。”參軍“戲富於喜劇的色彩，卻製造悲劇，”倡優“不具備悲劇性，主要在戲弄有過錯的對象，與演員同台演出。《樂府雜錄・俳優》稱：

「開元中，黃幡綽、張野辜弄參軍，始自後漢館陶令石耽。耽有贓犯，和帝惜其才，免罪。每宴樂，即令衣白夾衫，命優伶戲弄，辱之經年，乃放」[47]。

經過唐”參軍“、”宋雜劇“、”南戲“（明”傳奇“）、”金院本“、”元雜劇“、”崑曲“的發展，古典戲劇逐漸成熟。南宋時，有兩齣戲，號稱”戲文之首“，劇目為〈趙貞女與蔡二郎〉、〈王魁負桂英〉，宋人之悲劇觀、體裁、情節和”人物“的安排，表現在”南戲“戲文，以”婚變“為主題[48]，影響及於清代的悲劇創作。根據《南村輟耕錄》記載的”金院本“名目中，仍可

註47：段安節：《樂府雜錄・俳優》，（上海・商務，西元一九三六年十二月），頁二〇。

註48：同註42，頁三〇五。

發現一些與後來的”苦戲“有繼承關係的劇目，如：〈蘇武和番〉、〈孟姜女〉等[49]。元代之前的戲劇還處在”稚嫩“的階段，直到”元雜劇“的出現[50]。

”元雜劇“又稱”北曲雜劇“，中國”戲曲“是戲與曲的有機融合，較重視”唱“的表演藝術。明代王驥德《曲律》〈總論南北曲第二〉開頭就說：

「曲之有南、北，非始今日也。關西胡鴻臚侍《珍珠船》引劉勰《文心雕龍》，謂塗山歌於『候人』，始為南音；有娀謠乎『飛燕』，始為北聲；及夏甲為東，殷整為西，古四方皆有音。而今歌曲，但統為南、北：如《擊壤》、《康衢》、《卿雲》、《南風》、《詩》之『二南』，漢之樂府，下逮關、鄭、白、馬之撰，詞有雅鄭，皆北音也；《孺子》、《接輿》、《越人》、《紫玉》，吳歈、楚艷，以及今之戲文，皆南音也」[51]。

註[49]：同註46，頁五。
註[50]：同註24，頁一七〇。
註[51]：王驥德（明）：《曲律》，（民國十四年石印本），頁二。

特定的歷史環境，分成南”曲“、北”曲“。有金一代，為”北曲“的演化、發展、成熟之時期，亦構成中國音樂史上，從唐宋”燕樂“向元明”曲樂“的轉變。王氏所論之”北曲雜劇“、”南曲“戲文廣泛的概括北方和南方所流行的各種音樂、文藝，它們由於流行的”地域“不同，形成各自的內容、風格。清徐大椿《樂府傳聲》〈源流〉說：「北曲如董之《西廂記》，僅可以入弦索，而不可以協蕭管」。最早稱”諸宮調“為”北曲“者，為明初朱權的《太和正音譜》：「董解元『始制北曲』」。《錄鬼簿》”董解元“的名下注云：「以其創始，故列諸首」。鍾嗣成、朱權將”董解元“列創始”北曲“的首位[52]。

明徐渭《南詞敘錄》說：「今之北曲，蓋遼、金北鄙殺伐之音，壯偉狠戾，武夫馬上之歌，流入中原，遂為民間之日用」[53]，徐氏直說”北曲“即”北鄙之音“（”蕃曲“），在宋廷是禁賞的，如：宋吳曾《能改齋漫錄》卷一〈禁蕃曲氈笠〉說：「崇寧、大觀以來，內外街市鼓笛拍板，名曰『打斷』。至政和初，有旨立賞錢五百千，若用鼓板改作北曲子，並著北服之類，並禁止支賞」。反映”北曲“盛

註52：季國平：《元雜劇發展史》，（臺北・文津，民國八十二年三月），頁二一五～二一七。
註53：同前註，頁二一八。

傳京師的實況[54]。

悲劇結局的處理有"毀滅型"及非"毀滅型"，"毀滅型"的型態多半為西方的悲劇，主人公一般都隨著所追求理想的破滅而破滅。我國的古典悲劇屬非"毀滅型"，即主人公不一定都隨著所追求理想的破滅而破滅。男主人公存活，像：〈漢宮秋〉內的漢元帝、〈趙氏孤兒〉中的程嬰、〈琵琶記〉裡的蔡伯喈、〈桃花扇〉內的侯方域等等[55]。本文依據王季思所編之《中國十大古典悲劇集》，列舉元、明、清具代表性的作品，以了解其悲劇的精神。元代劇作家馬致遠的〈漢宮秋〉為昭君和蕃的故事，東漢之後，有關王昭君的詩歌就達六百多首，戲劇亦有二十多種。晉代石崇作〈王昭君辭〉及之後的作品，皆"借"述昭君的美貌不得帝王寵幸，暗喻文人學士懷才不遇。部分的民間傳說，其內容經過附會、想像。唐、宋的詩人、詞人李白、杜甫、王安石、歐陽修等都寫過以昭君出塞為題裁的"唐詩"、"宋詞"。馬致遠的〈漢宮秋〉一劇，就是建構在這些史實、民間傳說和"唐詩"、"宋詞"詠嘆的基礎上。

註54：同註52，頁二六。
註55：王季思等：《中國古代戲曲論集》，（北京・中國展望，西元一九八六年四月），頁三〇四。

馬致遠採取胡漢對勢，營造悲劇的態勢；〈漢宮秋〉的開頭，著意於匈奴的強大，“楔子”裡，最先出場的呼韓邪單于，稱自己「久居朔漠，獨霸北方。已射獵為生，攻伐為事」。並點明「有甲士十萬，南移近塞，稱藩漢室。昨曾遣使進貢，欲請公主，未知漢帝肯尋盟約否」[56]。馬氏對王昭君的心理分析是細緻的，鋪陳一條由棄怨、驚喜到報恩的心路歷程。昭君本為天下絕色，與皇帝近在咫尺，卻不得寵幸。隱喻滿腹報國之心的讀書人，卻不得入仕。〈漢宮秋〉的成功之處是，作者擅長寄情寫景，以景抒情。選在秋季，因在這個時節，特別會生蒼涼之感，當在遙望時，有不知今夕何夕的時空感[57]。其能出類拔萃，主要就在於劇中悲劇精神的突顯與昇華。

〈趙氏孤兒〉是元代劇作家紀君祥所作。劇情和《左傳》、《史記・趙世家》的記載有一定的關係，但作者出於對組織的考量，在戲劇的“衝突”和塑造“人物”的形象上，對史實作一些改變。現存該劇的版本，明刻本較完備，“曲文”、“科白”全齊。“曲文”經明人之手作過修改，增寫第五“折”

註56：同註52，頁一一三～一一五。

註57：同前註，頁一一二。

[58]。這齣悲劇是主人公被動的捲入”衝突“，屠、趙兩家，本可以相安無事，無奈，碰到奸佞不斷的尋釁，誅殺忠良，對未出世的孤兒亦不放過。無辜的趙氏孤兒，捲入大人們的戰爭裡，增添大家對他的同情和關切。〈趙〉劇的結局處理屬”復仇“式。程嬰歷經艱辛將趙氏孤兒撫養長大，並要親眼看到其報趙家的仇。不僅，滿足觀眾心理上的要求，更掃除籠罩在人們心中的陰霾[59]。

高明的〈琵琶記〉，被推為”南戲之祖“[60]；係一部根據民間的傳說、宋元”南戲“改編而成的悲劇。與宋代〈趙貞女蔡二郎〉戲文為同一題材。明徐渭《南詞敘錄》記載其內容為，”伯喈棄親背婦，為暴雷震死“。這部戲有三位悲劇”人物“，一為蔡公；二為蔡伯喈；三為趙五娘。蔡公逼兒子上京應試，以致無人送終。蔡伯喈被牛相滯留於京師。趙五娘的孝行感人以及不畏艱辛的尋找夫婿；作者有意彰顯趙五娘的孝婦形象[61]。蔡伯喈的形象成為從”南

註58：同註24，頁一七五。
註59：同註55，頁三〇六。
註60：王季思：《中國十大古典悲劇集》，（上海・文藝，西元一九九八年十二月），頁二一三四。
註61：同前註，頁二三二。

戲“到明、清”傳奇“承先啟後的典型[62]。

後人整理高明此劇對伯喈”三不從“的描述，一、蔡公”逼試“，蔡邕”辭試“，蔡公”不從“；二、牛相”逼婚“，蔡邕”辭婚“，牛相”不從“；三、皇帝”逼為官“，蔡邕”辭官“；皇帝”不從“。”逼“與”辭“，”辭“與”不從“，構成戲劇的”衝突“，推動著劇情的進展，形成不可逆轉的悲劇[63]。清代毛聲山引司馬遷關於《離騷》兼「國風好色而不淫，小雅怨悱而不亂」的雙重風格說，演繹為「《西廂》近於風而《琵琶》近於雅，雅視風而加醇焉」。這種”比附“的推進，正在於兩重結論，「王實甫之《西廂》，其好色而不淫者乎？高東嘉之《琵琶》，其怨悱而不亂者乎」[64]。

孟稱舜的〈嬌紅記〉是明代愛情悲劇中一部成功的”現實“主義作品，作者以”封建“社會裡的婚姻問題之”矛盾“和客觀的力量作”對比“。其主軸是嬌、中爭取婚姻的自由，和帥公子之間產生”衝突“。令觀眾感動的是〈生離〉這一齣，在〈生離〉內，王文瑞將嬌娘配與帥公子，申純被迫離開王家。

註62：同註44，二九～三一。

註63：同註24，頁二四四～二四六。

註64：同註44，頁二六九。

王文瑞喚嬌娘與申純相別時，她遲遲未出。在這過程中，嬌娘沒有唱一句"宋詞"或"道白"，用"沉默"來處理其內心的悲痛，可謂〈嬌紅記〉的成功之處[65]。嬌娘的性格特徵不同於那些在"封建禮教"下逆來順受的少女，她選擇一條適合的道路，"與其悔之於後，豈若擇之於始"；強調"擇"的重要，她讚賞"卓文君之自求良偶"[66]；嬌娘以"同心子"為擇偶要求。從《紅樓夢》的寶、黛之愛中，尚能找到嬌、申愛情的某些痕跡[67]。

在清初的劇壇上，人們看中洪昇的〈長生殿〉和孔尚任的〈桃花扇〉，民間有"縱使元人多院本，勾欄爭唱孔洪詞"的盛況，故有"南洪北孔"之稱。〈長生殿〉完成於"康熙"二十八年（一六八八），較〈桃花扇〉早十年[68]。它們"借"悲劇的劇情，述男女的悲歡，寫國家的盛衰，將愛情的悲劇與國家的運勢結合，"戲曲"藝術臻於成熟，悲劇文學登上高峰[69]。〈長生殿〉歷十餘年，經三易稿而始成。一稿〈沉香亭〉是因"偶感李白之遇"而作；二稿

註65：同註60，頁四九八。
註66：同註60，頁四九五。
註67：同註24，頁一四五。
註68：同註46，頁一九八。
註69：同前註，頁三三二。

〈霓裳曲〉改以“李泌輔肅宗中興”為主，又更名曰〈舞霓裳〉；三稿〈長生殿〉則結合帝妃情緣與國家興亡[70]。〈長生殿〉沿用的是唐代安史之亂的前後，明皇與楊貴妃的愛情故事[71]。洪昇於“康熙”七年（一六六八）至二十九年（一六九〇），在北京旅食時，他看到政治上醜惡的一面，當權的官僚集團結黨營私，爭權奪利，最高統治者專制獨裁[72]。目睹明室王孫的沒落景象，激起他的民族意識和故國之思。這是〈長生殿〉創作的背景及緣由。

〈桃花扇〉亦歷十餘年，於“康熙”三十八年（一六九九）寫成[73]。“康熙”二十四年（一六八五）春天，孔尚任奉召任“國子監”博士。本欲有所作為，但官場不得意，一六八六年，孔尚任奉令治理黃河決口，他與漁民、鹽民們「坐立泥塗中，飲鹹水，餐腥饌，不勝勞且苦，己勞而慰人之勞，己苦而詢人之苦，乃悉得其煮鹽捕魚之狀」[74]；出使淮揚三年，體認官場的黑暗和百姓

註70：同註60，頁三三三~三三四。
註71：同前註，頁三三七。
註72：王永健：《洪昇和長生殿》，（上海・古籍，西元一九七八年九月），頁十七。
註73：同註60，頁九三九。
註74：同前註，頁二一一。

的疾苦[75]，奠定《桃花扇》的創作基礎。《桃花扇》是明”崇禎“六年到南明福王二年（一六四三—一六四五）間的故事。它以侯方域與秦淮名妓李香君的結合為主軸，引出魏閹餘黨的爭權。孔尚任以南明朝廷的腐敗，暗喻清廷的問題。

總體上，元代真正的愛情悲劇較為少見，大部分的”雜劇“是大”團圓“，如：關漢卿的〈拜月亭〉、王實甫的《西廂記》、白樸的〈牆頭馬上〉、鄭光祖的〈倩女離魂〉等；另一愛情悲劇的形式是政治色彩濃厚的創作，像：馬致遠的〈漢宮秋〉、白仁甫的〈梧桐雨〉等。明代湧現大批愛情劇（”傳奇“），在”戲曲“史上，形成第二次的高潮；如同〈玉簪記〉、〈牡丹亭〉，可與《西廂記》分庭抗禮[76]。

三、《西廂記》對《紅樓夢》的影響

《紅樓夢》前八十回的作者曹雪芹生長的年代，為經濟發展榮盛的”康乾盛

註75：同註24，頁三四九。
註76：同註44，頁一四四～一四五。

世”[77]。他的曾祖父、祖父、伯父、父親，相繼作五十多年的江寧織造[78]。曹家因虧空而被抄家，只有北京的家產未充公，他在北京度過大半生的窮愁潦倒的生活。《紅樓夢》第一回便說：「風塵碌碌，一事無成」；「一技無成，半生潦倒」；又說：「茅椽蓬牖」。故《紅》作是曹雪芹的傳記；此傳記，除了與曹家的歷史相對應外，他細述現身的女子們，第一回，就點明：「忽念及當日所有之女子，一一細考較去，覺其行止見識，皆出於我之上。何我堂堂鬚眉，誠不若彼裙釵哉」[79]。賈寶玉是曹雪芹著力最多的“人物”，是作者經過藝術加工所創造的形象，這一“人物”，體現作品的創作思想和“現實”主義的精神，寶玉的思維是《紅》作的精髓，以他為中心發展的故事；賈母溺愛寶玉，賈政對寶玉嚴厲，一碰到他就是怒目相視，罵不絕口[80]；造成寶玉性格中有“乖僻”的因子。第二回，借賈雨村之口，謂寶玉既具“乖邪”之氣又具“靈秀”之氣：

註77：施達青：《紅樓夢》與清代封建社會，（北京：人民，西元一九七六年四月），頁四。

註78：胡適：《胡適紅樓夢研究論述全編》，（上海：古籍，西元一九八八年八月），頁二六〇。

註79：曹雪芹、高鶚（清）：《紅樓夢》庚辰本，（北京：人民文學，西元一九八二年二月），頁一。

註80：蔣如森：《紅樓夢論稿》，（北京：人民，西元一九五九年一月），頁三。

「其聰俊靈秀之氣，則在萬萬人之上；其乖僻邪謬不近人情之態，又在萬萬人之下。若生於公侯富貴之家，則為情癡情種；若生於詩書清貧之族，則為逸士高人；縱再偶生於薄祚寒門，斷不能為走卒健僕，甘遭庸人驅制駕馭，必為奇優名倡」[81]。

寶玉長到十來歲時，他有自己的看法，「女兒是水做的骨肉，男人是泥做的骨肉；我見了女兒便清爽，見了男子便覺濁臭逼人」[82]。寶、黛初見面時，兩人展現一見如故的情誼；寶、黛廝見畢坐下，寶玉端詳黛玉後，腦中閃過一個回憶：”這個妹妹我曾見過的“，但又不是事實。他為唐突之語解釋，”雖沒見過，然看著面善，心裡倒像是遠別重逢的一般“。接著他便問黛玉可曾讀書，有無”字“，聽說黛玉無”字“，便引《古今人物通考》上有”西方有石名黛，可代畫眉之墨“之句，以”顰顰“二字相送。自此寶、黛朝夕相處，建立珍貴的情感。第一六回，寶玉幾日未見黛玉甚思念，賈璉與黛玉進府，寶玉只問黛玉好，並細看黛玉，”越發

註81：同註79，頁三〇。

註82：同前註，頁二三。

出落的超逸了"。黛玉平常以看〈會真記〉、聽《牡丹亭》消遣，寶玉引用〈會真記〉中張生之言和黛玉互動，表示他對黛玉的感情已超越單純的表兄妹的關係[83]。《西廂記》為典型的"才子佳人"的作品，《紅》劇的作者似乎不認同"才子佳人"的模式，它之編劇手法沒有改變，其第一回、五十四回有如下的對話：

「空空道人看了一回，曉得這石頭有些來歷，遂向石頭說到：『石兄，你這一段故事，據你說來，有些趣味，故鐫寫在此，意欲聞世傳奇；據我看來，第一件，無朝代年紀可考；第二件，並無大賢大忠理朝廷、治風俗的善政，其中不過幾個異樣女子，或情或痴，或小才微善，我縱然抄去，也算不得一種奇書。』石頭果然答道：『我師何必太痴！……至於才子佳人等書，則又開口"文君"滿篇"子建"，千部一腔，千人一面，且終不能不涉淫濫。——在作者不過要寫出自己的兩首情詩艷賦來，故假捏出男女二人姓名，又必旁添一小人撥亂其間，如戲中的小丑一般。……』」

註83：王志武：《紅樓夢人物衝突論》，（陝西・人民，西元一九八五年十一月），頁九九。

《紅》作中，第五十四回是這樣寫：

「賈母忙道：『怪道叫做"鳳求鸞"。不用說了，我已經猜著了：自然是王熙鳳要求這雛鸞小姐為妻了。』女先兒笑道：『老祖宗原來聽過這回書？」眾人都道：「老太太甚麼沒聽見過！就是沒聽見，也猜著了。』賈母笑道：『這些書就是一套子，左不過是些佳人才子，最沒趣兒。把人家女兒說的這麼壞，還說是"佳人"！編的連影兒也沒有了。開口都是鄉紳門第，父親不是尚書，就是宰相。一個小姐，必是愛如珍寶。這小姐必是通聞知禮，無所不曉，竟是"絕代佳人"，——只見了一個清俊男人，不管是親是友，想起他的終身大事來，父母也忘了，書也忘了，鬼不成鬼，賊不成賊，哪一點兒象個"佳人"？就是滿腹文章，做出這樣事來，也算不得"佳人"了！』比如一個男人家，滿腹的文章，去做賊，難道那王法看他是個"才子"，就不入賊情一案了不成？可知那編書的是自己堵自己的嘴」。

反諷的是，寶玉和黛玉偷偷閱讀〈會真記〉[84]。《紅》作有極工整的"對仗"回目，如：第九八回〈苦絳珠魂歸離恨天，病神瑛淚灑相思地〉，開頭是"話說"、"且說"或"卻說"，結尾是"欲知後事如何，且聽下回分解"；其中"閒話休提"、"暫且不表"亦常遇見。其介紹一個新的"人物"登場，也套用"才子佳人"的描寫方式[85]，試看寶玉第一次出場時：

> 「已進來了一位年輕的公子：頭上戴著束髮嵌寶紫金冠，齊眉勒著二龍抱珠金抹額；穿一件二色金百蝶穿花大紅箭袖，束著五彩絲攢花結長穗宮絛，外罩石青起花八團倭緞排穗褂，登著青緞粉底小朝靴；面如中秋之月，色如春曉之花，鬢若刀裁，眉如墨畫，鼻如懸膽，眼似秋波，雖怒時而似笑，即瞋視而有情；項上金螭纓絡，又有一根五色絲縧，繫著一塊美玉」[86]。

註84：周建渝：《才子佳人小說研究》，（臺北：文史哲，民國八十七年十月），頁二三四～二三六。

註85：關懿嫻：〈紅樓夢與才子佳人派小說〉，（北京：人民文學，西元二〇〇一年八月），頁一〇五四。

註86：同註79，頁四九。

而描述黛玉則是：

「兩彎似蹙非蹙籠烟眉，一雙似喜非喜含情目；態生兩靨之愁，嬌襲一身之病。淚光點點，嬌喘微微；閑靜似嬌花照水，行動如弱柳扶風；心較比干多一竅，病如西子勝三分」[87]。

這是”才子佳人“敘述”人物“的方式，先言外貌，次寫儀態。

寶玉對《西廂記》的評價極高。《紅》作透過寶、黛的對話，肯定《西廂記》的價值。”小說“第二三回中，寶玉發悶時，茗烟就找來古今”小說“及”飛燕“、”合德“、”武則天“、”玉環“的外傳與那”傳奇“角本和〈會真記〉。寶玉則拿一本〈會真記〉的情景如下：

「那一日正當三月中浣，早飯後，寶玉攜了一套〈會真記〉，走到沁芳

註87：同註79，頁五一。

閘橋邊桃花底下一塊石上坐著，展開〈會真記〉，從頭細玩。正看到"落紅成陣"，只見一陣風過，把樹頭上桃花吹下一大半來，落的滿身滿書滿地皆是。……黛玉道：『什麼書？』寶玉見問，慌的藏之不迭，便說道：『不過是《中庸》《大學》。』黛玉笑道：『你又在我跟前弄鬼。趁早兒給我瞧，好多著呢。』寶玉道：『好妹妹，若論你，我是不怕的，你看了，好歹別告訴人。真是好文章！你要看了，連飯也不想吃呢！』一面說，一面遞了過去。林黛玉把花具且放下，接書來瞧，從頭看去，越看越愛看，不到一頓飯工夫，將十六齣俱已看完」[88]。

黛玉讀後，"但覺詞藻警人，餘香滿口"；黛玉聚精會神於〈會真記〉的情節，產生共鳴[89]。其中"不到一頓飯工夫，將十六齣俱已看完"，後人認為不可能在"不到一頓飯的工夫"將十六齣看完，故改為"已看了好幾齣了"。二三回後，黛玉欲回房，經梨香院牆角，聽見牆內笛韻悠揚、歌聲婉轉。黛玉便知是那十二個女孩子

註88：同註79，頁三二九。

註89：胡文彬：日月相映照世同輝——論《紅樓夢》與《西廂記》，（《錦州師院學報》哲學社會科學版第二期，西元一九九五年），頁二～三。

正在演習戲文，黛玉細嚼”如花美眷，似水流年“八個字，想起方才所見〈會真記〉中，神馳在”花落水流紅，閑愁萬種“之句，仔細忖度，覺得心痛，眼中落淚，表現多愁善感的性格。

林黛玉是曹雪芹筆下悲劇”人物“。高鶚在第九十八回寫黛玉之死，他遵循曹雪芹最初的安排。黛玉的最終結果是她的性格使然，她總有”寄人籬下“的警覺，敏感於別人的言語及行為，一言一語都能傷及其自尊心。然而，對於誰該得罪，誰不該得罪的問題，無認真的想過。一切都根據好惡。雖然，輕易的與人生隙，亦不與人結隙[90]。給榮國府的人們留下”孤高自許，目無下塵“的印象[91]。

賈寶玉、林黛玉以思想、性格的相投而相愛，他們反對不合理的”科舉“制度、”禮教“觀念。《紅》作以前的文學作品，沒有那麼深厚的反對”封建“，常是”借“愛情故事來訴求反”封建“。像：《西廂記》裡的主角，與束縛愛情的”封建禮教“相抗衡，最後張珙還是要妥協。《紅樓夢》無論在深度上或廣度上，都超過《西廂記》等作品[92]。

註90：同註80，頁三〇九。
註91：同前註，頁三〇四。
註92：陳毓罷、劉世德、鄧紹基：《紅樓夢論叢》，（上海古籍，西元一九七九年三月），頁三

《紅樓夢》中，茗烟扮演紅娘的角色，在第四三回寫道：

「茗烟站過一旁。寶玉掏出香來焚上，含淚施了半礼，回身命收了去。茗烟答應，且不收，忙爬下磕了幾個頭，口內祝道：『我茗烟跟二爺這幾年，二爺的心事，我沒有不知道的，只有今兒這一祭祀沒有告訴我，我也不敢問。只是這受祭的陰魂雖不知名姓，想來自然是那人間有一，天上無雙，極聰明極俊雅的一位姐姐妹妹了。二爺心事不能出口，讓我代祝：若芳魂有感，香魄多情，雖然陰陽間隔，既是知己之間，時常來望候二爺，未嘗不可。你在陰間保佑二爺來生也變個女孩兒，和你們一處相伴，再不要又托生這鬚眉濁物了。』說畢，又磕幾個頭，才爬起來」[93]。

這段描寫相似於《西廂記》第一"本"第三"折"（"雙文降香"），原文道：

四～三六。

註93：同註79，頁五九九～六〇〇。

（旦云）取香來！

（末云）聽小姐祝告甚麼？

（旦云）此一炷香，願化去先人，早生天界！此一炷香，願堂中老母，身安無事！此一炷香……（做不語科）

（紅云）姐姐不祝這一炷香，我替姐姐祝告：願俺姐姐早尋一個姐夫，拖帶紅娘咱！

（旦再拜云）心中無限傷心事，盡在深深兩拜中。（長吁科）

（末云）小姐倚欄長嘆，似有動情之意[94]。

鶯鶯（“雙文”）上第三炷香時，“不語”，由紅娘代為說出。曹雪芹用“借”這種筆法，以茗烟說出寶玉心中的“祝願”。

薛寶釵是曹雪芹塑造的一位符合“封建禮教”的女性，她擅持家及待人接物，且“輕言寡語，端莊凝重”，“不愛花兒粉兒的”，過著自甘淡泊的生活，她所住的蘅蕪院，佈置儉樸，連賈母看了深讚，“這孩子太老實了”；更兼她縱覽群書，

註94：胡文彬：《魂事夢縈紅樓夢》，（北京：中國書店，西元二〇〇〇年一月），頁一三三～一三四。

多才博識[95]。她與林黛玉的教育，有明顯的區別。林如海"膝下無兒"，黛玉又聰明絕頂，把她當成男孩子來教養。黛玉博覽詩書是為了滿足文藝興趣，於是，醉心於〈會真記〉、《牡丹亭》等這一類的"傳奇"。寶釵則是因皇帝"徵採才能……在世宦名家之女，皆得報名達部，以備選擇為公主郡主入學陪侍充為"才人""贊善"之職"，故她的行為要適合於正統的標準，以期能夠把握"現實"[96]。高鶚在第九七回安排寶釵嫁寶玉，此時的寶玉已開始頓悟。一百十八回通過寶玉、寶釵間的議論，表達寶玉對人生的徹悟：

「卻說寶玉正拿著《秋水》一篇在那裏細玩。寶釵從裏間走出，見他看的得意忘言，便走過來一看；見是這個，心裏著實煩悶。細想他只顧把這些出世離群的話當作一件正經事，終久不妥。看他這種光景，料勸不過來，便坐在寶玉傍邊，怔怔的坐著。寶玉見他這般，便道：『你這又是為什麼？』寶釵道：『我想你我既為夫婦，你便是我終身的倚靠，卻不在情欲之私。論起榮華富貴，原不過是過眼烟雲；但自古聖賢，以人

註95：同註79，頁九六。
註96：太愚：《紅樓夢人物論》，（上海國際文化服務社，西元一九四九年一月），頁二三五。

品根柢為重。』寶玉也沒聽完，把那書本擱在旁邊，微微的笑道：『據你說人品根柢，又是什麼古聖賢，你可知古聖賢說過”不失其赤子之心“。那赤子有什麼好處，不過是無知無識無貪無忌。我們生來已陷溺在貪嗔癡愛中，猶如污泥一般，怎麼能跳出這般塵網。如今才曉得”聚散浮生“四字，古人說了，不曾提醒一個。既要講到人品根柢，誰是到那太初一步地位的！』寶釵道：『你既說”赤子之心“，古聖賢原以忠孝為”赤子之心“，並不是遁世離群無關無係為”赤子之心“。堯舜禹湯周孔時刻以救民濟世為心；所謂”赤子之心“，原不過是”不忍“二字」[97]。

”赤子之心“為凡人追求的標準，這一”回“指出兩人對出世、入世，持相異的看法。

《紅》作對”科考“的態度，是”西廂“故事所不及的；《董西廂》、《王西廂》中，張生目睹鶯鶯的美麗，改變”科考“的初心；兩部著作裡，夫人答應婚事

註97：同註79，頁一六一二～一六一三。

後的情節，張有不同的反應，《董》劇的張，主動說：”將赴選闈“，《王》劇的處理趨向被動，被動的心理較符合人性。鶯和夫人唱反調（第四”本“第三”折“），表示在元朝的社會，女性擁有”自主“的意識。《紅》作中，寶玉自始至終就沒有”科考“的想法。黛玉寄宿賈家，以為不宜提仕進較適合其身分，寶玉的真心，化解不了黛玉的擔心[98]。

從曹雪芹自身的歷史及家族的歷史審視，賈家的衰敗、寶玉的淪落造成《紅》作的悲劇。

依吳宏一的分類，將悲劇分為：性格悲劇、環境悲劇和無可奈何的悲劇。寶玉的悲劇屬性格的悲劇。性格的悲劇本是人力可以挽救，但當事人卻寧願放棄，不幸之遭遇，多少出於自願[99]曹雪芹的出世觀深受金聖嘆的評點《西廂記》之影響[100]。在《驚夢》一”折“中，金聖嘆重複《莊子》的”人生若夢“的話，莊子把”團圓“看成是”夢“；而《紅樓夢》創造不一樣的結局，曹雪芹的悲劇註解和傳統的

註98：同註83，頁一〇〇～一〇一。

註99：吳宏一：《紅樓夢》的悲劇精神，《臺灣紅學論文選》，（天津・百花文藝，西元一九八一年十月），頁四三～四四。

註100：徐小玲：從寶玉的覺悟看《紅樓夢》的出世精神，《臺灣紅學論文選》，（天津・百花文藝，西元一九八一年十月），頁二五三。

“才子佳人團圓”的模式迥異，他在作品內，透過神話、“人物”的對話及寶玉的出家，指出人生的虛“幻”。高鶚寫第一百十六回，呼應曹雪芹的第五回，寶玉神遊太虛幻境。第一百十六回，寶玉重臨太虛幻境，不再像從前一樣渾然無知。

生活的痛苦、情感的挫折、理想的“幻”滅，寶玉不但看懂“因果”名冊，且體驗出生命原是一場虛“幻”的“夢”[101]。曹雪芹接受老莊的哲學思想，渲染“夢”和、“幻”，他的敘述比《西廂記》、《牡丹亭》更加鮮明的揭示愛情與“禮教”的“衝突”，強烈的傳達不容於“封建”，曹氏的另類悲劇，又回到類似〈鶯鶯傳〉的收尾，“才子佳人”不一定以“團圓”收場。男主角無法改變“封建”帶來的後遺症，唯一解決之道，就是堅持。《紅》劇像一個小的社會，讀者看到的是人生百態的“現實”[102]。

註101：同前註，頁二六一～二六四。

註102：牧惠：《西廂六論》，（廣西師範大學，西元一九九六年一月），頁一八七。

參考書目（依作者姓名筆畫排序）

一、古籍

元稹《元氏長慶集》　上海・上海古籍　明嘉靖刊本
元稹《元稹集》　北京・北京中華　西元一九八二年八月
元好問《中州集》　臺北・商務　涵芬樓景印武進董氏誦芬室景元刊本
毛晉《六十種曲》　北京・北京中華　西元一九五八年五月
毛奇齡《西河詞話》　上海・上海書店　世楷堂藏板
王灼《碧雞漫志》　臺北・鼎文　民國六十三年二月
王溥《唐會要》　北京・中華　西元一九五五年六月
王讜《唐語林》　《明刊本歷代小史》　臺北・商務　民國五十八年三月
王定保《唐摭言》　清嘉慶十年虞山張氏照曠閣刊本

王欽若《冊府元龜》 明崇禎十五年刊清乾隆甲戌十九年——嘯堂補刊本
王實甫、張人和《集評校注西廂記序》 上海・上海古籍 西元一九八七年四月
王驥德《曲律》 民國十四年石印本
白居易《白氏長慶集》 臺北・世界 景印摛藻堂本
宇文懋昭《大金國志》 臺北・廣文 民國五十七年五月
朱權《太和正音譜》 臺北・學海 民國八十年十月
吳競《貞觀政要》 北京・北京燕山 西元一九九五年
李昉《太平廣記》 上海・上海古籍 西元一九九〇年
李漁《閒情偶寄》 臺北・鼎文 民國六十三年二月
李日華《南西廂》 暖紅室校訂 彙刻傳劇西廂記
杜佑《通典》 北京・北京中華 西元一九八四年
孟元老《東京夢華錄》 臺北・大立 民國六十九年十月
芝菴《唱論》 臺北・中華 聚珍仿宋版
金聖歎《第六才子西廂記》 臺北・文光 民國六十三年五月
段安節《樂府雜錄》 上海・上海商務 西元一九三六年十二月
段成式《酉陽雜俎》 臺北・藝文 津逮秘書學津討原本

洪皓《松漠紀聞》　清嘉慶十年虞山張氏照曠閣刊本
洪皓《金國文具錄》《中國野史集成・續編》　成都・成都巴蜀　西元二〇〇〇年一月
胡德麟《少室山房曲考》　臺北・中華　聚珍仿宋版
研雪子《識閒堂第一種翻西廂》　臺北・天一　民國七十四年
范攄《雲溪友議》　臺北・廣文　民國六十九年九月
凌景埏《古本董解元西廂記》　北京・北京人民文學　西元一九六二年一月
凌景埏《諸宮調兩種》　山東・山東齊魯　西元一九八八年二月
夏伯和《青樓集》《中國古典論著集成》　臺北・鼎文　民國六十三年二月
孫棨《北里志》《筆記小說大觀》　臺北・新興　民國七十六年六月
徐夢莘《三朝北盟會編》　臺北・文海　民國五十一年九月
秦觀《淮海居士長短句》　上海・上海古籍　詞林集珍
尉遲偓《中朝故事》《明刊本歷代小史》　臺北・商務　民國五十八年三月
崔令欽《教坊記》《筆記小說大觀》　臺北・新興　民國七十六年六月
張鷟《朝野僉載》　清嘉慶十一年刊本
張元長《梅花草堂曲談》　臺北・中華　聚珍仿宋版

張德輝《塞北紀行》　臺北・廣文　民國五十七年
曹雪芹、高鶚《紅樓夢》　北京・北京人民文學　西元一九八二年二月
梁廷枏《曲話》　臺北・商務　民國二十六年十二月
周紹良《全唐文》新編　長春・吉林文史　西元一九九九—二〇〇〇年
（清）康熙《全唐詩》　臺北・復興　民國五十年
脫脫《金史》　北京・北京中華　西元一九七五年
許慎《新添古音說文解字注》　臺北・洪葉文化　民國八十八年
陳夢雷《古今圖書集成》　四川・四川成都巴蜀　西元一九八七年
陶宗儀《南村輟耕錄》　臺北・木鐸　民國七十一年五月
曾慥、嚴一萍《類說》　臺北・藝文　民國五十九年
曾慥《樂府雅詞》　上海・上海書店　西元一九二六年
焦循《劇說》　上海・上海古典文學　西元一九五七年三月
楊朝英《朝野新聲太平樂府》　臺北・世界　何夢華舊藏太平樂府鈔本
董解元《西廂記諸宮調》　臺北・世界　民國六十六年十月
裴庭裕《東觀奏記》　清道光光緒間南海伍氏刊本
趙令時《商調蝶戀花》　暖紅室彙刻傳劇西廂記

趙彥衛《雲麓漫鈔》　臺北・新文豐　民國七十三年六月
趙德麟《侯鯖錄》　臺北・新興　民國七十六年六月
劉祁《歸潛志》　清乾隆四十一至五十九年長塘鮑氏刊本
劉昫《舊唐書》　北京・北京中華　民國六十五年十月
劉餗《隋唐嘉話》　清同治甲子三年緯文堂刊本
劉知幾《史通》　上海・上海書店　西元一九二六年　上海涵芬樓影印明萬曆刊本
歐陽修《新唐書》　臺北・二十五史編刊館　民國四十四—四十五年
歐陽修《歸田錄》　臺北・木鐸　民國七十一年二月
適適子《古本董解元西廂記》　臺北・藝文　民國六十二年二月
鄭氏《女孝經》　臺北・藝文　民國五十六年　據明崇禎毛晉校刊津逮秘書本
鄭祁《歸潛志》　臺北・藝文　知不足齋叢書
鄭綮《開天傳信記》　清嘉慶十年虞山張氏照曠閣刊本
鄭光祖《鄭光祖集》　山西・山西人民　西元一九九二年十月
鄭思肖《鄭思肖集》　上海・上海古籍　西元一九九一年五月
鍾嗣成《錄鬼簿》　上海・上海古籍　西元一九七八年四月

韓偓《香奩集》《和刻漢詩集成》 東京・東京古典研究社 昭和五十二年三月
魏徵、令狐德棻《隋書》 北京・北京中華 西元一九七三年八月
譚正璧《元曲六大家評傳》 上海・上海文藝 西元一九五五年十月
羅振玉《敦煌零拾》 甘肅・甘肅蘭州古籍 西元一九九〇年十月
關漢卿《西廂記全譜》 納書楹藏版 乾隆六十年乙卯春
關漢卿《關漢卿戲曲集》 臺北・宏葉 民國六十二年五月
蘇軾《蘇軾詩集》 臺北・學海 民國七十二年一月
蘇軾《施註蘇詩》 臺北・商務 文淵閣四庫全書
顧炎武《日知錄》三十二卷 長沙・長沙商務 西元一九三九年 萬有文庫第一、二集簡編五百種 國學基本叢書

二、專書

太愚《紅樓夢人物論》 上海・上海國際文化服務社 西元一九四九年一月
王永健《洪昇和長生殿》 上海・上海古籍 西元一九七八年九月
王宏維《安定與抗爭》——中國古典悲劇及悲劇精神 北京・北京：生活・讀

書・新知三聯書店　西元一九九六年四月
王志武《紅樓夢人物衝突論》　陝西・陝西人民　西元一九八五年十一月
王季思《中國十大古典喜劇集》　上海・上海文藝　西元一九八二年十二月
王季思《中國十大古典悲劇集》　上海・上海文藝　西元一九九八年十二月
王季思《中國古代戲曲論集》　北京・北京中國展望　西元一九八六年四月
王季思《全元戲曲》　北京・北京人民文學　西元一九九〇年一月
王枝忠《古典小說考論》　寧夏・寧夏人民　西元一九九二年十一月
王國維《宋元戲曲考》　上海・上海書店　西元一九八九年十月
王國維《宋元戲曲考》　海寧王氏校印
王國維《論曲五種》　臺北・藝文　民國五十三年一月
王夢鷗校釋《唐人小說校釋》　臺北・正中　民國七十二年三月
王實甫、王季思《西廂記》　臺北・里仁　民國八十九年九月
王實甫、張人和《集評校注西廂記》　上海・上海古籍　西元一九八七年四月
世界書局編輯部《全宋詞》　臺北・世界　民國七十三年三月
玄奘《大唐西域記》　上海・上海人民　西元一九七七年
吉川幸次郎（日）《元雜劇研究》　臺北・藝文　民國七十年二月

伍至學人性與符號形式——卡西勒《人論》解讀　臺北・臺灣書店　民國八十七年三月
任中敏《新曲苑》　臺北・中華　聚珍仿宋版
曲金良《敦煌佛教文學研究》　臺北・文津　民國八十四年十月
朱光潛《悲劇心理學》　臺北・蒲公英　民國七十五年
朱昆槐《崑曲清唱研究》　臺北・大安　民國八十年三月
西洛蒙德・弗洛伊德（奧）《弗洛伊德後期著作選》　上海・上海藝文　西元一九八六年六月
何邦泰、焦堯秋《形象思維學概論》　廣西・廣西人民　西元一九八九年一月
何俊哲、張達昌、于國石《金朝史》　北鎮・北鎮中國社會科學　西元一九九二年八月
汪經昌《南北曲小令譜》　臺北・中華　民國五十四年六月
吳志達《唐人傳奇》　臺北・木鐸　民國七十二年九月
宋大川《唐代教育體制研究》　山西・山西教育　西元一九九八年十月
宋德金《金代的社會生活》　陝西・陝西人民　西元一九八八年四月
李浩《唐代關中士族與文學》　臺北・文津　民國八十八年六月

李國章、趙昌平《遼史、金史、西夏史》　香港・香港中華　西元一九九八年四月
汪辟疆校錄《唐人小說》　臺北・河洛　民國六十三年十月
周天《西廂記分析》　上海・上海古典文學　西元一九五六年十一月
周育德《中國戲曲文化》　北京・北京中國有　西元一九九五年十二月
周建渝《才子佳人小說研究》　臺北・文史哲　民國八十七年十月
周惠泉《金代文學研究》　臺北・文津　民國八十九年四月
孟瑤《中國小說史》　臺北・傳記文學　民國七十五年元月
季國平《元雜劇發展史》　臺北・文津　民國八十二年三月
林宗毅《西廂記》　臺中・三久　民國八十四年九月
林宗毅《西廂記》二論　臺北・文史哲　民國八十七年十二月
林國源《戲劇的分析》　臺北・書林　民國八十二年六月
牧惠《西廂六論》　廣西・廣西師範大學　西元一九九六年一月
邱鎮京《敦煌變文述論》　臺北・商務　民國五十九年四月
俞汝捷《幻想和寄託的國度——志怪傳奇新論》　臺北・淑馨　民國八十年四月
姚一葦《姚一葦戲劇六種》　臺北・華欣文化　民國七十六年七月

姚力芸《西廂之戀—才子佳人文學的典範》　山西・山西教育　西元一九九四年四月
施達青《紅樓夢》與清代封建社會　北京・北京人民　西元一九七六年四月
胡忌、劉致中《崑劇發展史》　北京・北京中國戲劇　西元一九八九年六月
胡適《胡適紅樓夢研究論述全編》　上海・上海古籍　西元一九八八年八月
胡大浚《唐代邊塞詩選注》　甘肅・甘肅教育　西元一九九〇年八月
胡文彬《魂事夢縈紅樓夢》　北京・北京中國書店　西元二〇〇〇年一月
胡世厚、鄧紹基《中國古代戲曲家評論》　河南・河南中州古籍　西元一九九二年七月
孫遜《董西廂和王西廂》　上海・上海古籍　西元一九七八年九月
徐嘉瑞《金元戲曲方言考》　上海・上海商務　西元一九五六年二月
馬起華《現代心理學》　臺北・黎民　民國六十七年七月
高宣揚《佛洛依德主義》　臺北・遠流　民國八十二年九月
張雲《公關心理學》　上海・上海復旦　西元一九九四年六月
張岱年《張岱年全集》　河北・河北人民　西元一九九六年十二月
張博泉《金代經濟史略》　遼寧・遼寧人民　西元一九八一年六月

張榮春《淺說論語》　臺北・登城　民國八十八年一月
梅新林《紅樓夢哲學精神》——石頭的生命循環與悲劇指標　上海・上海學林　西元一九九五年五月
莊志明《審美活動與性格塑造》　上海・上海人民　西元一九八六年四月
郭豫適《論紅樓夢及其研究》　上海・上海古籍　西元一九九二年十二月
陳其南《文化結構與神話》　臺北・允辰　民國七十六年八月
陳世雄《戲劇思維》　福建・福建教育　西元一九九六年八月
陳東源《中國婦女生活史》　臺北・商務　民國八十六年四月
陳寅恪《元白詩箋證稿》　臺北・世界　民國五十二年一月
陳毓羆、劉世德、鄧紹基《紅樓夢論叢》　上海・上海古籍　西元一九七九年
三月
陳誠中《元雜劇研究》　花蓮・東部　民國六十七年五月
陳慶煌《西廂記考述》　臺北・中華學苑　民國六十八年三月
陸永峰《敦煌變文研究》　四川・四川成都巴蜀　西元二〇〇〇年五月
陶晉生《女真史論》　臺北・食貨　民國七十年四月
傅惜華《西廂記說唱集》　上海・上海書店　西元一九五五年九月

喬衛平《中國宋遼金夏教育史》　北京・北京人民　西元一九九四年四月
曾永義《說俗文學》　臺北・聯經　民國六十九年四月
程國賦《唐代小說與中古文化》　臺北・文津　民國八十九年二月
程毅中《唐代小說史說》　北京・北京文化藝術　西元一九九〇年十二月
程樹德《論語集釋》　臺北・藝文　民國八十七年十一月
黃永武《中國詩學——設計篇》　臺北・巨流　民國六十五年六月
楊建文《中國古典悲劇史》　湖北・湖北武漢　西元一九九四年四月
楊景程譯《心理學》　臺北・臺灣西書　民國八十九年九月
葉德輝《書林清話》　民國庚申（九年）觀古堂校刊本
葉慶炳《中國文學史》　臺北・學生　民國七十六年八月
葛景春《李白與唐代文化》　鄭州・鄭州中州古籍　西元一九九四年六月
葛曉音《詩國高潮與盛唐文化》　北京・北京大學　西元一九九八年五月
寧宗一、陸林、田桂民《元雜劇研究概述》　天津・天津教育　西元一九八七年十二月
劉不同《中國財政史》　臺北・大東　民國三十七年七月
劉再復《性格組合論》　上海・上海文藝　西元一九八六年七月

劉開榮《唐代小說研究》　臺北・商務　民國八十六年九月
劉夢溪《紅樓夢新論》　北京・北京中國社會科學　西元一九八二年七月
劉維崇《元稹評傳》　臺北・黎民文化　民國六十六年十二月
劉鳳翥、李錫厚、白濱《遼史・金史・西夏史》　香港・香港中華　西元一九九八年四月
鄭大華《文化與社會的進程：影響人類社會的81次文化活動》　北京・北京中國青年　西元一九九四年九月
蔣和森《紅樓夢論稿》　北京・北京人民　西元一九五九年一月
蔣星煜《西廂記》的文獻學研究　上海・上海古籍　西元一九九七年十一月
蔣星煜《明刊本西廂記研究》　北京・北京中國戲劇　西元一九八二年
蔡瑜《唐詩學探索》　臺北・里仁　民國八十七年四月
鄭篤《中國俗文學史》　臺北・商務　民國五十六年七月
鄭騫《北曲套式彙錄詳解》　臺北・藝文　民國六十二年四月
鄭騫《從詩到曲》　臺北・科學　民國五十年
鄭振鐸《鄭振鐸文集》　北京・北京人民　西元一九五九年十月
魯迅《中國小說史略》　香港・香港宏智　西元一九五九年二月

黎傑《宋史》　臺北・大新　民國五十四年
霍松林《西廂述評》　陝西・陝西人民　西元一九八二年五月
戴不凡《論鶯鶯傳》　上海・上海文藝　西元一九六三年十月
謝柏梁《中國悲劇史綱》　上海・上海學林　西元一九九三年十二月
叢靜文《元代戀愛劇十種技巧研究》　臺北・商務　民國六十七年十一月
羅香林《唐代文化史研究》　臺北・商務　民國八十五年四月
羅錦堂《中國散曲史》　臺北・私立中國文化大學　民國七十二年八月
蘇瑩輝《敦煌學概要》　臺北・中華叢書編審委員會　民國五十三年十月

三、期刊論文

丁富生〈漫談以觀音比鶯鶯〉《南通師專學報》第十二卷第四期社會科學版　西元一九九六年十二月
內山知也（日）《鶯鶯傳》的結構和它的主題《唐代文學研究》　廣西・廣西師範大學　西元一九九〇年
內山知也（日）〈中唐期小說的虛構問題〉《第一屆國際唐代學術會議論文

集》　臺北・中華民國唐代研究學者聯誼會　西元一九八九年

戈壁　元稹與〈鶯鶯傳〉——作品研究　《明道文藝》第二三二期　民國八十四年七月

王祥穎　金批《西廂記》人物心理分析　國立中興大學中國文學研究所碩士論文　民國八十七年

王國維〈敦煌發見唐朝之通俗詩及通俗小說〉《東方雜誌》第十七卷第八期　上海・上海商務

王景義〈論金代猛安謀克制的產生和發展〉《綏化師專學報》第四期　西元一九九四年

甘懷真〈隋文帝時代軍權與「關隴集團」之關係〉《唐代文化研討會論文集》　臺北・文史哲　民國八十年

同毅《西廂記》新證——金代《普救寺鶯鶯故居》詩碣的出土和淺析　北京・北京中國戲劇　西元一九九二年八月

安小蘭《鶯鶯人物心理淺探——兼論鶯鶯形象的文化意義》《安徽教育學院學報》第四期　西元一九九六年

朱鴻簡說《西廂記諸宮調》《齊齊哈爾大學學報》哲學社會科學版　西元二

〇〇二年一月
朱昆槐　從《鶯鶯傳》到《西廂記》論中國悲喜劇的發展　《臺北商專學報》第三十七期　民國八十年十二月
何欣〈中國小說裡的方言〉《書評書目》五十七期　民國六十七年一月
何宛英〈金代史學與金代政治〉《北京師範大學學報》第三期社會科學報　西元一九九八年
吳宏一《紅樓夢》的悲劇精神　天津・天津百花文藝　西元一九八一年十月
吳組緗〈論賈寶玉典型形象〉《紅學三十年論文選編》天津・天津百花文藝　西元一九八四年八月
宋謀瑒、傅如一〈西廂故事演變與中華文化〉《西廂記新論》北京・北京中國戲劇　西元一九九二年八月
李禾《董西廂》的敘事藝術　《山東大學學報》第二期哲社版　西元一九九八年
李世龍〈試析金代幣制特徵〉《黑龍江民族叢刊》第三期　西元一九九九年
李正民　董朗與董明——《董西廂》作者籍貫探討　《西廂記新論》北京・北京中國戲劇　西元一九九二年八月
李宗為〈論唐人傳奇的素材來源及演變〉山西・山西人民　西元一九八八年

三月
李怡芬〈試析鶯鶯傳中男女主角的形象傳釋〉《大陸雜誌》第九十二卷第六期　民國八十五年六月
沈杏霜〈西廂記諸宮調的說唱及創作技巧〉私立逢甲大學中國文學研究所碩士論文　民國八十五年六月
汪天成《諸宮調研究》國立政治大學中文研究所碩士論文　民國六十八年六月
周亮　一位戴著封建枷鎖追求愛情幸福的女性——論《鶯鶯傳》中的崔鶯鶯《貴州師範大學學報》第三期社會科學版　西元一九九七年
林宗毅《西廂記》二論　國立臺灣大學中國文學研究所碩士論文　民國八十三年六月
邱添生〈唐代設館修史制度探微〉《唐代研究論集》臺北・新文豐　民國八十一年十一月
俞炳甲《唐代小說的寫作技巧研究》私立輔仁大學研究所碩士論文　民國七十四年五月
姚奠中　董解元和《西廂記諸宮調》考察《西廂記新論》北京・北京中國戲劇　西元一九九二年八月

柳無忌〈與王西廂合稱雙璧的董解元西廂記〉《幼獅學誌》第十四卷第三、四期　民國六十六年十二月

段啟明〈西廂三幻同名人物性格辨〉《西廂記新論》北京・北京中國戲劇　西元一九九二年八月

胡文彬日月相映照世同輝——論《紅樓夢》與《西廂記》《錦州師院學報》第二期哲學社會科學版　西元一九九五年

胡傳志〈金代文學特徵論〉《文學評論》第一期　西元二〇〇〇年

唐國文、曹英慧、李淑娟、史景元〈大慶地區金代考古發現〉《大慶社會科學報》第三期　西元一九九四年

徐小玲　從寶玉的覺悟看《紅樓夢》的出世精神　天津・天津百花文藝　西元一九八一年十月

康韻梅〈鶯鶯傳〉的情愛世界及其構設　《文史哲學報》第四十五期　民國八十五年十二月

張晶〈金代民族文化關係與金詩的特殊風貌〉《遼寧師範大學學報》第四期社科版　西元一九九八年

張光全〈從人物原型到作品人物形象的內在機制〉《寧夏大學學報》第十九

卷第四期哲學社學科學版　西元一九九七年
張炳森《西廂記諸宮調》難詞商解　《河北師範大學學報》第二十二卷第二期社會科學版　西元一九九九年四月
莊宜文〈是超越還是陷溺——從鶯鶯傳看傳統女性的愛情困境〉《國文天地》第十四卷第五期　民國八十七年十月
郭和平〈應當確立矛盾雙方具有共同性的同一性新原理〉《雲南教育學院學報》第十卷第三期　西元一九九四年六月
郭預衡〈論寶、黛愛情悲劇的社會意義〉《紅學三十年論文選編》天津・天津百花文藝　西元一九八四年八月
陳其南《文化結構與神話》臺北・允辰　民國七十六年八月
陳美玲〈到「瓦舍」一觀——論宋、元「說話」藝術中陽剛之美的表現〉《國文天地》第十六卷第二期
陳淑滿　金聖歎評改《西廂記》研究　國立高雄師範大學國文研究所碩士論文　民國八十年五月
陳慶煌《西廂記》考述　國立政治大學中國文學研究所碩士論文　民國六十三年五月

曾瓊連《西廂記》之版本及其藝術成就　國立師範大學國文研究所碩士論文　民國七十三年六月
胡念貽　關於《紅樓夢》所繼承的小說戲曲傳統　《紅學三十年論文選編》　天津・天津百花文藝　西元一九八四年八月
湯璧如《西廂記的故事演變——以鶯鶯傳董西廂王西廂為例》　私立輔仁大學中國文學研究所碩士論文　民國七十四年五月
程妮娜〈論金代的三省制度〉《社會科學輯刊》第六期　西元一九九八年
馮沅君〈說"賺詞"〉《燕京學報》第二十一期　民國二十六年十二月
楊文明〈論劇本文學中「兩級性格組合」現象〉《西北大學學報》二十四卷第三期哲學社會科學版　西元一九九四年
楊淑娟《董解元西廂記研究》　私立東吳大學中國文學研究所碩士論文　民國七十八年五月
葉景林〈社會期待與"西廂"流變〉　《錦州師範學報》第四期哲學社會科學版　西元一九九八年
葉慶炳〈諸宮調正宮道宮南呂宮黃鐘宮訂律〉　《輔仁大學人文學報》第三期　民國六十二年十二月

路雲亭〈唐初政治的開放性與唐詩的繁榮〉《山西大學學報》第三期哲學社會科學版　西元一九九四年

趙文潤〈論唐文化的胡化傾向〉《陝西師大學報》第二十三卷第四期哲學社會科學版　西元一九九四年十二月

趙永春〈論金代士風〉《松遼學刊》第五期社會科學版　西元一九九九年

劉世德、鄧紹基等《紅樓夢》的主題　《紅學三十年論文選編》　天津・天津百花文藝　西元一九八四年八月

劉浦江《遼金的佛教政策及其社會影響》《佛教研究》　西元一九九六年

劉銀光　談《西廂記》的成書過程兼及文學史上的借鑒現象　《臨沂師專學報》第十九卷第一期　西元一九九七年二月

劉燕萍　至死不休與溫柔敦厚——從女性主義看〈霍小玉傳〉和〈鶯鶯傳〉《嶺南學院中文系系刊》第三期　西元一九九六年

蔣和森〈林黛玉論〉《紅學三十年論文選編》　天津・天津百花文藝　西元一九八四年八月

蔡義江　論《紅樓夢》中的詩詞曲賦　《紅學三十年論文選編》　天津・天津百花文藝　西元一九八四年八月

鄭騫〈董西廂與詞及南北曲的關係〉《國立臺灣大學文史哲學報》第二期　民國四十年二月
蕭馳〈從「才子佳人」到《紅樓夢》：文人小說與抒情詩傳統的一段情結〉《漢學研究》第十四卷第一期　民國八十五年六月
謝朝鐘《西廂記曲譜研究》臺北・九宮文化　民國七十九年五月
謝錦桂毓　談曾昭弘《西廂記》的現代意識　《輔仁國文學報》第十四集　民國八十八年三月
鍾慧玲　為郎憔悴卻羞郎——論〈鶯鶯傳〉中的人物造型及元稹的愛情觀《東海中文學報》第十一期　民國八十三年十二月
魏崇武〈金代儒學發展略談〉《贛南師範學院學報》第五期　西元一九九五年
羅彤華《唐代民間借貸之研究》　國立台灣大學歷史學研究所博士論文　民國八十五年三月

國家圖書館出版品預行編目資料

〈鶯鶯傳〉、《董西廂》"人物"之形象／邱安慈著. --初版.--臺中市：白象文化，2019.5
面； 公分.——
ISBN 978-986-358-814-6(平裝)
1.西廂記 2.研究考訂
853.55 108003818

〈鶯鶯傳〉、《董西廂》"人物"之形象

作　　者　邱安慈
校　　對　邱安慈
專案主編　陳逸儒
出版編印　吳適意、林榮威、林孟侃、陳逸儒、黃麗穎
設計創意　張禮南、何佳諠
經銷推廣　李莉吟、莊博亞、劉育姍、李如玉
經紀企劃　張輝潭、洪怡欣、徐錦淳、黃姿虹
營運管理　林金郎、曾千熏
發 行 人　張輝潭
出版發行　白象文化事業有限公司
412台中市大里區科技路1號8樓之2（台中軟體園區）
出版專線：（04）2496-5995　傳真：（04）2496-9901
401台中市東區和平街228巷44號（經銷部）
購書專線：（04）2220-8589　傳真：（04）2220-8505
印　　刷　基盛印刷工場
初版一刷　2019年5月
定　　價　300元